KB047564

영혼의 울림

한국의 기독교 명시

정연복 엮음

영혼의 울림

한국의 기독교 명시

이 도서의 국립중앙도서관 출판시도서목록(CIP)은 서지정보유통지원시스템 홈페이지(http://seoji.nl.go.kr)와 국가자료공동목록시스템(http://www.nl.go.kr/kolisnet)에서 이용하실 수 있습니다.(CIP제어번호: CIP2013017327)

책을 펴내며

모국어 신앙시 104편을 열아홉 개 주제별로 엮은 『한국의 기독교 명시』를 세상에 내놓은 것이 엊그제 같은데, 눈 깜짝할 새 13년의 세월이 흘렀다.

"영혼의 울림"이라는 제목으로 펴낸 이번 개정판에서는 '자연과 생태' 항목을 덧붙이고 여러 시인들의 새로운 시를 많이 추가해 전체적으로 내용이 훨씬 더 다채롭고 풍요로워진 느낌이다.

고진하·권정생·김귀녀·김소엽·김승희·김인제·김재진·김종원·김종해·김준태·김지하·김지향·김현승·나태주·남궁벽·노천명·문익환·박노해·박용재·복효근·서덕석·서재환·서정윤·서정홍·신달자·유안진·윤동주·이기철·이문재·이용도·이준관·이해인·이향아·이현주·임성숙·임영석·정종수·조동화·조재도·차옥혜·천상병·최일환·피천득·한희철·함민복·허형만·홍수희 시인과 어느 사형수(「해바라기 꽃으로」), 그리고 나를 포함해 모두 49명의 시인의 신앙시 127편을 묶어 책을 내면서 무척 마음이 설렌다.

독자들에게 소개하고 싶은 주옥같은 시를 시집에 실을 수 있도록 전화와 메일로 부탁드렸을 때, 기꺼이 허락해주셨을 뿐만 아니라 잔잔한 감동을 주는 좋은 시집이 탄생하기를 바란다고 따뜻하게 격려해주신 여러 시인들께 감사를 드린다.

2013년 7월 26일

엮은이 정연복

초판 서문

지난 몇 달 동안이 저에게는 무척 행복한 나날이었습니다. 모국어로 쓴 주옥같은 신앙시들을 두루 읽을 수 있었으니 말입니다.

174편의 외국의 신앙시들을 스무 개의 주제로 나눠 묶은 『세계의 기독교 명시』에 이어, 이 땅의 스물다섯 분의 시인들이 쓰신 104편의 모국어 신앙시들을 열아홉 개의 주제별로 엮어 『한국의 기독교 명시 : 기도시집』이라는 이름을 달아 세상에 내놓습니다. 몇 달 동안 손때를 묻히며 정이 든 신앙시들을 이제 독자 여러분께로 떠나보낸다는 것이 어쩐지 애지중지 키운 딸을 남의 집에 시집보내는 것만 같은 심정입니다.

스무 편이나 되는 많은 시를 아무런 조건도 달지 않고 사용할 수 있도록 선뜻 허락해주신 이해인 수녀님, 좋은 일을 한다고 격려해주셨을 뿐만 아니라 신간 시집까지 챙겨 보내주시는 따뜻한 마음씨를 베풀어주신 김소엽 시인과 김지향 시인, 해맑은 동심의 시들을 마음껏 사용할 수 있도록 허락해주셔서 이 기도시집에 순수한 생명력을 불어넣어주신 최일환 시인과 이현주 목사님, 고진하 목사님, 천상병 시인의 사모님이신 목순옥 여사님, 문익환 목사님의 사모님이신 박용길 장로님, 김남주 시인의 사모님이신 박광숙 선생님.

첫 통화인데도 "광주에 오면 저희 집에 들르세요" 하고 다정하게 대해주신 김준태 시인. "좋은 책을 기대합니다" 하고 격려해주신 허형만 시인. "제 것은 제쳐놓고 다른 좋은 신앙시 모음집을 받아볼 수 있게 되기를 기원합니다" 하고 정성이 깃들인 답장을 보내주신 한없는 겸손함의 문병란 시인. 서덕석 목사님, 유안진 시인, 이향아 시인, 임성숙 시인, 신달자 시인, 서정윤 시인, 박노해 시인, 박기삼 선생님, 정명성 목사님, 조애실 장로님 가족분. 그리고 이 땅의 영원한 시인인 김소월 시인과 윤동주 시인.

이상 스물다섯 분의 시인들의 순수한 삶과 진실한 신앙과 따스한 마음이 배어 있는 신앙시들을 읽고 엮으면서 제가 느꼈던 감동이 독자 여러분들의 마음에도 전달되어 잔잔한 파문을 일으킬 수 있기를 기도합니다.

아울러, 이 기도시집이 이 땅의 기독교인들이 성서를 읽는 그 뜨거운 열심으로 모국어로 된 신앙시들에도 관심과 애정을 갖는 데에 작은 징검다리 역할을 할 수 있기를 소망합니다.

나의 이래저래 부족한 작업의 소산물이 예쁜 책으로 태어나

기까지 많은 수고를 해주신 도서출판 한울 여러분께 감사를 드립니다. 그리고 나의 사랑하는 아내 숙(淑), 무럭무럭 자라는 아들 진교와 딸 민교에게도 고마운 마음을 전합니다.

2000년 3월

창문 너머 봄 향기를 맡으며

엮은이 정연복

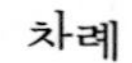

3. 예수 그리스도

4. 성령

5. 인간

6. 하느님 나라

7. 성경과 복음

8. 믿음

9. 소망

10. 사랑

11. 십자가와 부활

12. 기도

13. 은혜와 감사

14. 헌신과 봉사

17. 심판과 구원, 재림

18. 교회와 선교

19. 자연과 생태

1. 찬양과 경배

목숨 걸고
당신을 사랑하길
정말 잘했습니다

수평선을 바라보며

이해인

당신은
늘 하늘과 맞닿아 있는
수평선과 같습니다

내가
다른 일에 몰두하다
잠시 눈을 들면
환히 펼쳐지는 기쁨

가는 곳마다
당신이 계셨지요
눈 감아도 보였지요

한결같은 고요함과
깨끗함으로
먼 데서도 나를 감싸주던

그 푸른 선은

나를 살게 하는 힘

목숨 걸고
당신을 사랑하길
정말 잘했습니다

그분의 소리

신달자

그분의 소리
그분의 목소리는 낮고 낮아서
고요하지 않으면
들을 수 없다

그분의 목소리는 작고 작아서
고요하지 않으면
들을 수 없다

꽃피는 소리 그 소리처럼
마음이 정(淨)치 않음
들을 수 없다

사랑하는 맑은 그 맘 없이는
그분의 소리
들을 수 없다

묵도

이향아

주여,
태초에 주셨던 말씀
그것 하나만 지니고
당신을 만나러 갑니다.
밝은 두 눈으로
가나안에 뜨는 무지개를 봅니다.
보옥(寶玉) 같은 말씀으로
사무치는 목숨들을 노래합니다.

주여,
이 사랑을 위해 무릎 꿇고 싶습니다.
이 행복을 위해 통곡하고 싶습니다.
강림하소서.
강림하소서.
혹은 번개와도 같이.
혹은 순행하는 바람과도 같이.

찬미하리라

홍수희

비가 오면
그 빗물을 찬미하리라
바람 불면
그 바람을 찬미하리라
추위가 오면 그 추위를
더위가 오면 그 더위를
거기 함께 흐르는
당신의 섭리를
찬미하리라
기쁠 때는 그 기쁨을
슬플 때는 그 슬픔을
사랑밖에 모르는 주님
사랑으로 나를
섭리하시니
나보다 나를 잘 아는 주님
내 영혼의 선익을 위하여
은총으로 나를
보살피시네

나 항상 당신을

찬미하리라

사랑밖에 모르는 주님

사랑으로 나를

섭리하시니

꽃에 대한 경배

정연복

철 따라
잠시 피었다가

머잖아
고분고분 지면서도

사람보다 더
오래오래 사는 꽃

나 죽은 다음에도
수없이 피고 질 꽃 앞에

마음의 옷깃 여미고
경배 드리고 싶다.

피고 지는
인생 무상(無常)

지고 다시 피는
부활의 단순한 순리(順理)를 가르치는

'꽃'이라는
말없이 깊은 종교

문득, 나는 그 종교의
신자가 되고 싶다.

배추 앞에서

서정홍

우리 성당
수녀님과 신부님은
가끔 십자가 앞에서
무릎을 꿇지만

아버지는,
농부인 아버지는
어제도 오늘도
산밭에 심어 놓은
배추 앞에서
무릎을 꿇습니다.

이른 아침부터
저녁 늦게까지
한쪽 무릎을 꿇고
북을 돋우고 있습니다.
벌레를 잡고 있습니다.

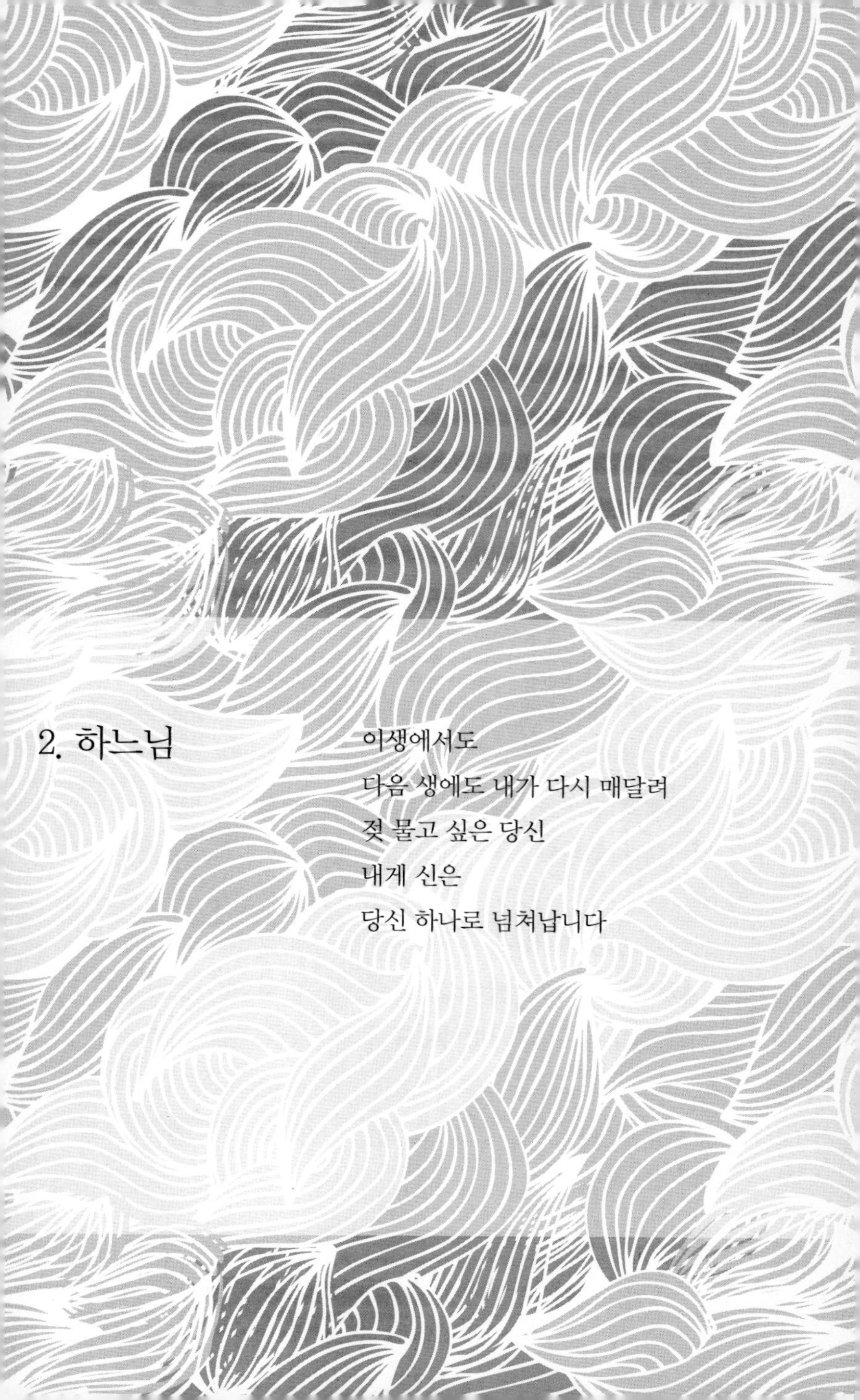

2. 하느님

이생에서도
다음 생에도 내가 다시 매달려
젖 물고 싶은 당신
내게 신은
당신 하나로 넘쳐납니다

하느님 당신은

이해인

나에게서 당신을 빼고 나면
아무것도 남지 않을
가난뱅이 여인

나에게 당신을 옷 입히면
아무것도 부러울 게 없는
궁전의 여인

하느님
아무래도 당신은
기적의 神입니다

보이지 않는 당신이
순간마다 내 안에 살아오시니
내가 감히 당신을 사랑하다니

당신은 물입니까
당신은 불입니까

당신은 바람입니까

사랑하는 자에게만
사랑으로 탄생하는
사랑의 신이시여

가장 짧은 말로
가장 깊은 기도를
바치게 하소서

흐름

천상병

바다도 흐르고 구름도 흐르고
사람도 흐르고 동물도 흐르고
흐르는 것이 너무 많다

새는 날고 지저귀는데
흐름의 세계를
흐르면서 보리라.

물이 흐르는 것은 당연하지만
위에서 아래로만 흐른다.
하나님! 하나님도 흐르시나요

어느 날

한희철

뒤뜰엔 함박눈 같은 목련
길가엔 싸라기 같은 벚꽃
세상 아름답다고
사랑하며 살라고
두 팔 마음껏 벌리시는 이가 있으니

저녁놀 아버지

차옥혜

서쪽 하늘
일렁이는 백일홍 꽃밭
아버지!
뜨거운 꽃별에 타서
텀벙 빠져버린
적막한
우주

당신

복효근

가시기 며칠 전
풀어 헤쳐진 환자복 사이로 어머니 빈 젖 보았습니다

그 빈 젖 가만히 만져보았습니다
지그시 내려다보시던 그 눈빛
당신을 보았습니다

그처럼 처연하고
그처럼 아름다웁게
고개 숙인 꽃봉오리를 본 적이 없습니다

야훼와
부처가 그 안에 있었으니

이생에서도
다음 생에도 내가 다시 매달려 젖 물고 싶은 당신

내게 신은
당신 하나로 넘쳐납니다

너무 그러지 마시어요

나태주

너무 그러지 마시어요.
너무 섭섭하게 그러지 마시어요. 하나님,

저에게가 아니에요.
저의 아내 되는 여자에게 그렇게 하지 말아달라는 말씀이어요.

이 여자는 젊어서부터 병과 함께 약과 함께 산 여자예요.
세상에 대한 꿈도 없고 그 어떤 사람보다도 죄를 안 만든 여자예요.

신발장에 구두도 많지 않은 여자구요.
한 남자 아내로서 그림자로 살았고
두 아이 엄마로서 울면서 기도하는 능력밖엔 없었던 여자이지요.

자기의 이름으로 꽃밭 한 평 채전밭 한 뙈기 가지지 않은 여자예요.

남편 되는 사람이 운전조차 할 줄 모르고 숙맥이라서
언제나 버스만 타고 다닌 여자예요.

너무 그러지 마시어요.
가난한 자의 기도를 들어주시는 하나님,
저의 아내 되는 사람에게 너무 섭섭하게 하지 마시어요.

3. 예수 그리스도

그는 오늘도
소리 없이 움직이는 순례자
멈추지 않고 걸어 다니는
사랑의 집

나의 예수를

이해인

삶에 지치고
아픈 사람들이
툭하면 내게 와서 묻는다
예수가 어디에 계시냐고
찾아도 아니 보인다고

오랜 세월
예수를 사랑하면서도
시원한 답을 줄 수 없어
답답한 나는 목이 메인다

예수의 마음이 닿는
마음마다 눈물을 흘렸으며
예수의 발길이 닿는 곳마다
사랑의 불길이 타올랐음을
보고 듣고 알면서도
믿지는 못하는 걸까

그는 오늘도
소리 없이 움직이는 순례자
멈추지 않고 걸어 다니는
사랑의 집
나의 예수를 어떻게 설명할까
말보다 강한 사랑의 삶을
나는 어떻게 보여주어
예수를 믿게 할까

청년 그리스도께

유안진

숱한 남성을 짝사랑한 후에
가을수풀 되어버린 내 머리터럭
흙먼지만 날리는 사막 같은 가슴

그 어디쯤서
그대는 발견되었는가

내 미처
보아도 보지 못하던 눈
들어도 깨우치지 못하던 귀
그 누가 열어주어

아아 한스러운
이 몰골
이 행색

그대 어찌
이제사

내 앞에 뵈었는가

청년 그리스도
나의 사랑아.

하나님의 편지

김소엽

하나님이
나에게 보내주신
단 한 번의
연서

연애편지 받고서도
그 뜻도 몰랐던
늦된 아이여

사랑은 떠나가고
홀로 있을 때
문득
당신의 생애가
하나님이 보내신
한 장의
연애편지였음을

답신을 보내려니

주소를 몰라
천생 내가
지니고 가야 할
편지

뒤늦게
하늘을 보며
남은 여생으로
답신을 쓰고 있네

당신은
하나님이 내게 주신
하늘의
편지

마음 구유

이용도

베들레헴
작고 추한 말구유를
허물치 않으시고
거기 나신 예수님이여
나의 작고 추한
마음 구유에
탄생
좌정하시옵소서

예수

김준태

망치로
밤새도록
두드린들

1mm도
구부러질
수 없는
못 하나

오, 그대의
죽음 하나.

인간 예수

나태주

낮은 자리 앉으므로
높은 자리에 서고
뒷자리에 서므로
앞서 가는 사람

바람 앞에서도
꺾이지 않는
풀잎이고자,
눈비 앞에서도
시들지 않는
꽃잎이고자,

끝끝내
사람 하나였으므로
사람이 아니었던
사람.

목련에게 미안하다

복효근

황사먼지 뒤집어쓰고
목련이 핀다

안질이 두렵지 않은지
기관지염이 두렵지도 않은지
목련이 피어서 봄이 왔다

어디엔가 늘 대신 매 맞아 아픈 이가 있다
목련에게 미안하다

바람

정연복

바람은 꽃잎 위에
머물지 않는다

세상의 모든 꽃잎들에게
찰나의 입맞춤을 하고

마치 아무 일도 없었던 것처럼
고요히 사라질 뿐

바람은 꽃잎에
연연(戀戀)하지 않는다.

꽃잎처럼 여리고 착한
영혼들에게

모양도 없이 빛도 없이
그저 한줄기 따스함으로 닿았다가

총총히 떠나간
그분의 삶이 바람이었듯

나의 남은 생애도 바람이기를!

그 손에 못 박혀버렸다

차옥혜

사람들이 웅성거리고 차가 오가는
좁은 시장 길가에 비닐을 깔고
파, 부추, 풋고추, 돌미나리, 상추를 팔던
노파가
싸온 찬 점심을 무릎에 올려놓고
흙물 풀물 든 두 손을 모아
기도하고 있다.

목숨을 놓을 때까지
기도하지 않을 수 없는 손
찬 점심을 감사하는
저승꽃 핀 여윈 손
눈물이 핑 도는 손
꽃 손
무릎 꿇고 절하고 싶은 손

나는
그 손에
못 박혀버렸다.

4. 성령

당신 앞에 "네"라고 대답하는 나의 목소리는
언제나 떨리는 3월입니다

마른 뼈의 기도

이현주

참으로 마른 해골입니다
바람 한 점 없는 골짜기에
쌓여 있는 먼지처럼 누워 있는 마른 해골입니다
일어날 수 없어, 일어나겠다는 생각조차 없어
호올로 세월처럼 먼지처럼 쌓여만 있는
음침한 골짜기의 마른 해골입니다

당신의 신선한 바람을 보내 주십시오
생명의 물기 머금은 신선한 당신의 바람은
지금 어느 강가의 버드나무숲에서
비둘기의 깃털 나부끼며 한가로이 노닐고 계시옵니까?

어서 오십시오, 당신은 어서 오십시오
후미진 이 골짜기 너무 오랫동안
바람 한 점 불지 않아 마른 뼈는
제 무게에 눌려 자꾸만 자꾸만 가라앉습니다

아아, 당신의 바람이여, 서쪽 하늘 가로질러 급히 오십시오

당신의 생명, 바람으로 불어
버려진 해골의 콧구멍에 화살처럼 박히면
뼈는 뼈와 더불어 춤추며 비린내 나는 살을 찾아
손을 잡고 춤을 추며 푸른 갈대 꺾어 당신을 노래하리이다

그러나 지금은 아직 마른 해골
잊혀진 세월처럼 누워 있는 뼈입니다
어서 오십시오, 생명의 물기 머금은
신선한 바람으로 불어오십시오.

능력의 말씀으로

김지향

우리 발을 이끌어
사도의 대열에서
물러서지 않게 하시고
골고다의 길을
기쁘게 걷게 하소서

우리의 발걸음 앞에
성전 미문의 앉은뱅이를 일으킨
예수 이름이 있게 하시고
뱀을 집어도 해를 입지 않을
능력의 말씀이 있게 하소서

성령의 역사로
담을 싼
원수의 담이 무너지게 하시고
영과 혼이 새롭게 거듭남을
만민이 보게 하소서

우리 입에 묻은 세상 때가
사랑의 강물에 씻겨
그분의 품에 있는
어린아이같이 되게 하소서
아멘.

거룩한 사랑

박노해

성(聖)은 피(血)와 능(能)이다.

어린 시절 방학 때마다
서울서 고학하던 형님이 허약해져 내려오면
어머님은 애지중지 길러온 암탉을 잡으셨다
성호를 그은 뒤 손수 닭 모가지를 비틀고
칼로 피를 묻혀가며 맛난 닭죽을 끓이셨다
나는 칼질하는 어머니 치맛자락을 붙잡고
떨면서 침을 꼴깍이면서 그 살생을 지켜보았다

서울 달동네 단칸방 시절에
우리는 김치를 담가 먹을 여유가 없었다
막일 다녀오신 어머님은 지친 그 몸으로
시장에 나가 잠깐 야채를 다듬어주고
시래깃감을 얻어와 김치를 담고 국을 끓였다
나는 이 세상에서 그 퍼런 배추 겉잎으로 만든 것보다
더 맛있는 김치와 국을 맛본 적이 없었다

나는 어머님의 삶에서 눈물로 배웠다

사랑은
자기 손으로 피를 묻혀 보살펴야 한다는 걸

사랑은
가진 것이 없다고 무능해서는 안 된다는 걸

사랑은
자신의 피와 능과 눈물만큼 거룩한 거라는 걸

내 혼에 불을 놓아

이해인

언제쯤 당신 앞에 꽃으로 피겠습니까
불고 싶은 대로 부시는 노을빛 바람이여
봉오리로 맺혀 있던 갑갑한 이 아픔이 소리 없이 터지도록
그 타는 눈길과 숨결을 주십시오
기다림에 초조한
내 비밀스러운 가슴을 열어놓고 싶습니다
나의 가느다란 꽃술의
가느다란 슬픔을 이해하는
은총의 바람이여
당신 앞에 "네"라고 대답하는 나의 목소리는
언제나 떨리는 3월입니다
고요히 내 혼에 불을 놓아
꽃으로 피워내는 뜨거운 바람이여

5. 인간

자세히 보아야 예쁘다
오래 보아야 사랑스럽다
너도 그렇다

성선설

함민복

손가락이 열 개인 것은
어머님 뱃속에서 몇 달 은혜 입나 기억하려는
태아의 노력 때문인지도 모릅니다

풀꽃

나태주

자세히 보아야
예쁘다

오래 보아야
사랑스럽다

너도 그렇다

아직도 사람은 순수하다

김종해

죽을 때까지 사람은
땅을 제 것인 것처럼 사고팔지만
하늘을 사들이거나 팔려고 내놓지 않는다
하늘을 손대지 않는 사람들을 보면
사람들은 아직 순수하다
하늘에 깔려 있는 별들마저
사람들이 뒷거래하지 않는 것 보면
이 세상 사람들은
아직도 순수하다

아무나 보듬고 싶다

김준태

이제 아무나 보듬고 싶다
무식하게 정말 일자무식하게
사람이여 환장하게 좋은 사람이여
아무나 보듬고 설레고 싶다
그리하여 더욱 아무나 보듬고
우리가 사람과 사람이라는 놀라움을
강물에 입술 적시듯 노래하고 싶다
생명이여 생명의 소중한 것들이여
이제 나는 아무나 보듬고 싶다
사람이면 물불을 가리지 않고
사람이라면 남녀노소를 가리지 않고
사람이라면 사람이라면 사람이라면
이제 나는 아무나 보듬고 싶다
우리가 너무 깊이 보듬어
마음에 행여 가시가 박힌다손
육신에 행여 손톱자국이 머무른다손
생명이여 생명의 소중한 눈동자여
사람의 뼈는 하늘의 하늘의 기둥!

우리는 호수랍니다

문익환

하늘에선 찬란하기만 하던 별들도
우리의 가슴속에 내려와선
서로 쳐다보며 서러워지는
우리는 호수랍니다

배고픈 설움으로
남의 배고픈 설움에 서로 눈물짓는
가녀린 마음들
방울방울로 솟아나고 흐르고 모여
하늘이 땅이 되고 땅이 하늘이 되는
우리는 호수랍니다

그믐밤 풀벌레 소리 들으며
서러워지던 별들
풀 이파리에 이슬로 맺혔다가
아침햇살을 받아
뚝뚝 떨어져 땅속으로 스며
실낱같은 사랑으로 어울려

하늘처럼 맑은 우리는
호수랍니다

너는 흙이니 흙으로 살아라

이현주

너는 흙이니 흙으로 살아라
죽어서 흙 될 일 생각 말고
살아서 너는 흙으로 살아라
온갖 썩는 것 더러운 것
말없이 품 열고 받아들여
오래 견디는 참 사랑
모든 것 삭이는 세월에 묻었다가
온갖 좋은 것 토해내어
마침내 열매 맺히도록
다시 말없이 버텨주는 흙으로

흙으로 살아라 너는 흙이니
오오, 거룩한 흙으로 살아라

사람이 있어 세상은 아름답다

이기철

달걀이 아직 따뜻할 동안만이라도
사람을 사랑할 수 있으면 좋겠다
우리 사는 세상엔 때로 살구꽃 같은 만남도 있고
단풍잎 같은 이별도 있다
지붕이 기다린 만큼 너는 기다려 보았느냐
사람 하나 죽으면 하늘에 별 하나 더 뜬다고 믿는 사람들의
동네에
나는 새로 사온 호미로 박꽃 한 포기 심겠다
사람이 있어 세상은 아름답다
내 아는 사람이여
햇볕이 데워놓은 이 세상에
하루만이라도 더 아름답게 머물다 가라

아름다운 사람

조재도

공기 같은 사람이 있다.
편안히 숨 쉴 때 알지 못하다가
숨 막혀 질식할 때 절실한 사람이 있다

나무그늘 같은 사람이 있다.
그 그늘 아래 쉬고 있을 땐 모르다가
그가 떠난 후
그늘의 서늘함을 느끼게 하는 이가 있다

이런 이는 얼마 되지 않는다.
매일같이 만나고 부딪치는 사람이지만
위안을 주고 편안함을 주는
아름다운 사람은 몇 안 된다

세상은 이들에 의해 맑아진다
메마른 민둥산이
돌 틈에 흐르는 물에 의해 윤택해지듯
잿빛 수평선이

띠처럼 걸린 노을에 아름다워지듯

이들이 세상을 사랑하기에
사람들은 세상을 덜 무서워한다

아버지의 마음

김현승

바쁜 사람들도
굳센 사람들도
바람과 같던 사람들도
집에 돌아오면 아버지가 된다.

어린것들을 위하여
난로에 불을 피우고
그네에 작은 못을 박는 아버지가 된다.

저녁 바람에 문을 닫고
낙엽을 줍는 아버지가 된다.

세상이 시끄러우면
줄에 앉은 참새의 마음으로
아버지는 어린것들의 앞날을 생각한다.
어린것들은 아버지의 나라다 아버지의 동포(同胞)다.

아버지의 눈에는 눈물이 보이지 않으나

아버지가 마시는 술에는 항상
보이지 않는 눈물이 절반이다.
아버지는 가장 외로운 사람이다.
아버지는 비록 영웅이 될 수도 있지만…….

폭탄을 만드는 사람도
감옥을 지키던 사람도
술가게의 문을 닫는 사람도

집에 돌아오면 아버지가 된다.
아버지의 때는 항상 씻김을 받는다.
어린것들이 간직한 그 깨끗한 피로…….

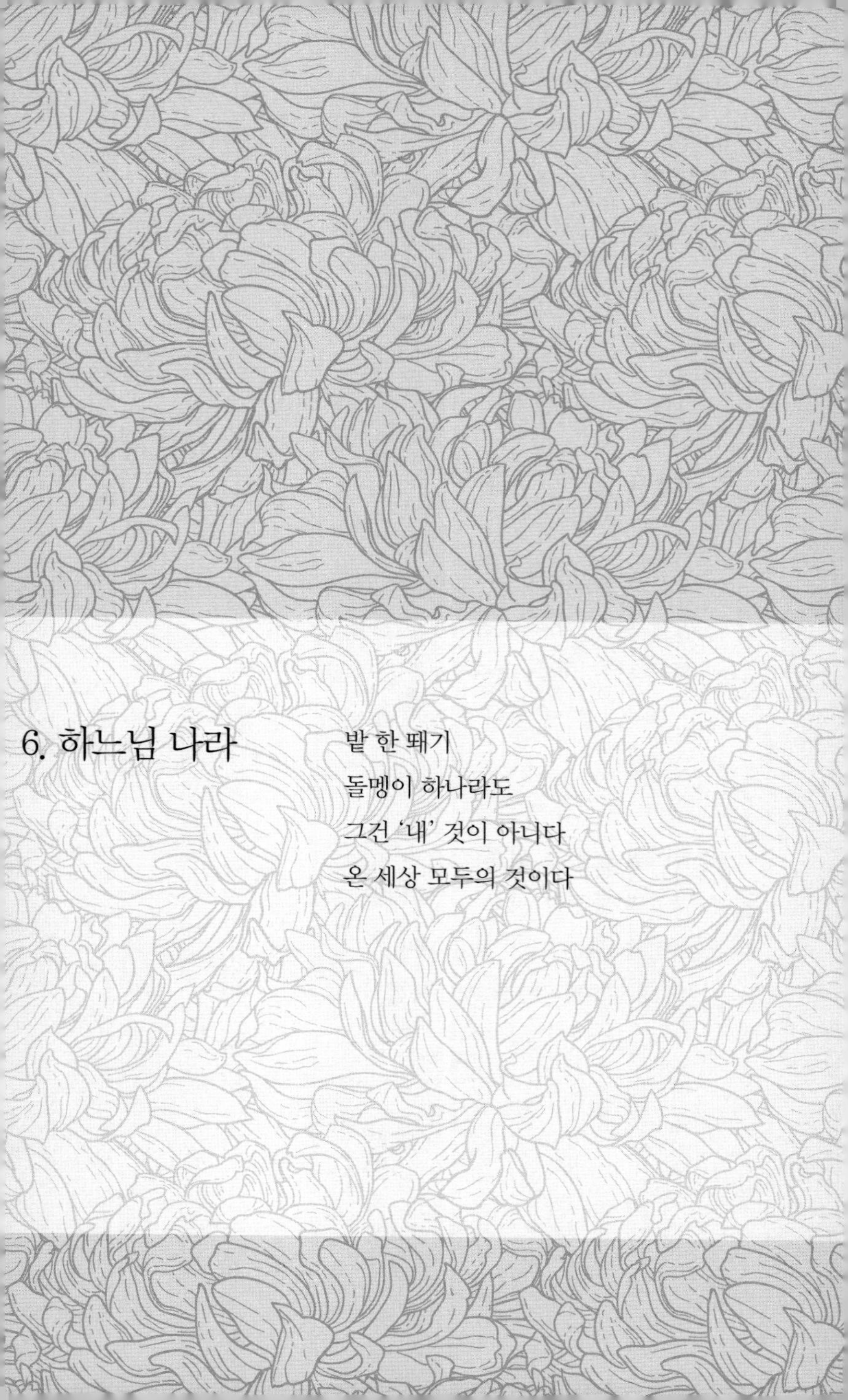

6. 하느님 나라

밭 한 뙈기
돌멩이 하나라도
그건 '내' 것이 아니다
온 세상 모두의 것이다

걱정

서재환

하늘나라 하나님은
요즘
걱정이 많으실 거야.

무거운 돋보기를 손에 들고
벌레 먹은 사과 같은, 복숭아 같은
상처 난 지구를 멀리서 내려다보며
— 저런, 내 별 하나 못쓰게 됐군.
쯧쯧쯧…….

밤이면 손전등 달로
낮이면 손전등 해로
우리가 사는 모습 비추시며
맨 처음 만든 세상 생각하실 거야.

지
금
도

지그시 눈을 감고
이마에 깊은 주름 새기고 계실 거야.

땅으로 내려오시는 하느님

이현주

세상을 만들고 나서도
하늘 뒤에 숨지 아니하시고
햇빛처럼 혹은 빗줄기처럼
끊임없이 땅으로 내려오시는 하느님
고맙습니다, 이 세상을
우리들의 손에 아주 맡기시지도 않고
그렇다고 인간의 손이 닿지 못할
어디 높은 곳에 두지도 않으시는 하느님
고맙습니다, 우리의 영원한 동역자여
당신 하늘나라를 이 땅 나라에 어서 이룩합시다.

아직과 이미 사이

박노해

'아직'에 절망할 때
'이미'를 보아
문제 속에 들어 있는 답안처럼
겨울 속에 들어찬 햇봄처럼
현실 속에 이미 와 있는 미래를

아직 오지 않은 좋은 세상에 절망할 때
우리 속에 이미 와 있는 좋은 삶들을 보아
아직 피지 않은 꽃을 보기 위해선
먼저 허리 굽혀 흙과 뿌리를 보살피듯
우리 곁의 이미를 품고 길러야 해

저 아득하고 머언 아직과 이미 사이를
하루하루 성실하게 몸으로 생활로
내가 먼저 좋은 세상을 살아내는
정말 닮고 싶은 좋은 사람
푸른 희망의 사람이어야 해

땅에서도 이루어지이다

이향아

세상 사는 일이 다 당신의 뜻인 것같이,
흐르는 강도 되짚어 해일로 엎고
역풍(逆風)으로 세월을 눈멀게 하듯이.
갈릴리 물 위를 걸어가면서
뜻만 있으면
뜻만 있으면 이루심같이,
이 땅에서도 이루어주세요.

내 소망은 작은 개울
당신의 바다로 가며 신명(神明)이 나서
까불거리는 춤.

나는 일상의 허망한 바가지로
꿈을 퍼요.

내 바가지는 작아요.
꿈은 미련하게 솟아올라 고여요.
머리 풀고 하늘까지 가서

거기 종적 없이 스며요.

가나안 땅의 젖과 꿀
내 발 묻힌 자갈밭에도 이루어지이다.
더도 말고 나는 개울로만 남았다가
그 큰 바다 영원에
몇 방울 더 보태지이다.
뜻이 하늘에서 이루어지듯
이 땅에서도 이루어지이다.

밭 한 뙈기

권정생

사람들은 참 아무것도 모른다.
밭 한 뙈기
논 한 뙈기
그걸 모두
'내' 거라고 말한다.

이 세상
온 우주 모든 것이
한 사람의
'내' 것은 없다.

하느님도
'내' 거라고 하지 않으신다.
이 세상
모든 것은
모두의 것이다.

아기 종달새의 것도 되고

아기 까마귀의 것도 되고
다람쥐의 것도 되고
한 마리 메뚜기의 것도 되고

밭 한 뙈기
돌멩이 하나라도
그건 '내' 것이 아니다.
온 세상 모두의 것이다.

석류나무 그늘에서

나태주

행여 내 마음속에도
소 물 먹이는 마음과
공금횡령하는 마음과
남보다 잘 살아 보겠다고 거짓말하는 마음과
나만 배부르고 편하면 그만이다 싶은
무사안일의 편협함과
남보다 좀 높이 되어 거들먹거려 보고 싶어 하는
마음들이
숨어 있나 없나
가끔은 눈여겨볼 일이로다.
눈여겨볼 일이로다.
석류나무 그늘에 와서
잠시나마 깨끗하고 붉은 그 석류꽃의 빛깔이기를
나는 마음해 보며
그리하여 드디어
하늘나라의 촛불인 양 타오르는 석류꽃 앞에서
부끄러워할 일이로다.
부끄러워할 일이로다.

7. 성경과 복음

자나 깨나 할머니는
성경책만 읽으신다

감자밭 감자 캐듯
책 이랑을 더듬으며

성서와 함께

이해인

성서와 함께
기도하는 마음으로
하루의 문을 엽니다

내가 하고 싶은 모든 말이
갈피마다 살아 있고
내가 듣고 싶은 주님의 음성이
가장 가까이 들려오는 생명의 책에서
살아갈 힘을 얻습니다

읽으면 읽을수록
메마른 내 가슴에
맑은 물이 고여 오는
성서와 함께
기뻐하는 마음으로
매일을 사노라면

기쁨은 또 기쁨을 낳아

나의 삶을 축제이게 합니다

성서 안에 살아 있는
많은 사람들을 만나
이야기를 나누다가
나는 문득 삶의 지혜를 깨우치게 되고
넓은 세상을 바로 보게 됩니다

읽으면 읽을수록
차가운 내 마음에
따스한 물이 고여오는
성서와 함께
사랑하는 마음으로
이웃을 대하노라면
사랑은 또 사랑을 낳아
나의 삶을 사랑이게 합니다

하느님과 이웃과
나를 깊이 들여다보는 은총의 거울
성서와 함께
언제나 감사하는 마음으로
하루의 문을 닫습니다

가을에는 불러주세요

유안진

불러주세요
서리 치면 쓰러질
들풀같이 여린 내 이름을
비오는 가을밤에는
불빛처럼 불러주세요

나그네도 서둘러
고향으로 돌아가듯
고향집 따순 아랫목에
지친 머리 눕혀 편히 쉬듯이

먼지 쌓인 복음서로
불러주세요
손때 묻고 어룽진 어느 행간에서
낙엽처럼 엎드려
붉게 붉게 울도록

오오 하나님

가을에는 가을에는
불러주세요
제 고향 말씀책으로
저를 불러주세요
불러주세요
서리 치면 쓰러질
들풀같이 여린 내 이름을
비오는 가을밤에는
불빛처럼 불러주세요

책이란 모름지기

이현주

나는 가끔 요리책을 본다.
그러나 나의 요리책이
감자탕이나 북엇국으로
꽃을 피우는 일은 거의 없다.

아내도 가끔 요리책을 본다.
아내의 요리책은
곧장 밥상으로 올라가
콩나물밥이나 동태찜으로 태어난다.

책이란 모름지기
나처럼 읽지 말고
아내처럼 읽을 일이다.
눈으로만 읽지 말고
손발로 읽을 일이다.

자나 깨나 할머니는

서재환

자나 깨나 할머니는
성경책만 읽으신다.

감자밭 감자 캐듯
책 이랑을 더듬으며

굵다란
감자알 같은
굵은 말씀 캐내신다.

가다가는 한 번씩
그 이랑 되돌아가

이삭 감자 주워내듯
놓친 말씀 다시 줍고

마음속
광주리 찬 듯
눈을 지긋 감으신다.

어머니의 성경책

김귀녀

우리 집 책장엔
어머니가 읽으시던 오래된 성경책 한 권이 있다
한 장 한 장 침을 발라넘기시던
어머니의 입김이 서려 있는.

주의 종 잘 섬겨라
절대 교만해서는 안 된다
겸손해라.
예수 사랑으로,
예수 사랑으로 시어머니 네가 모시도록 하여라

지금 와서 생각하니
참 잘했다
한 마리 학처럼 하늘 길 가시는 두 분 모습에서
위로를 받았고
난, 어머니 말씀에 순종했던 효녀였다

소천 하시던 전날까지

어머니 머리맡을 떠나지 않았던
오래된 성경책
지금도 성경책 안에서 어머니 음성이 들려온다
'삶의 목적을 이웃사랑에 두어라'

8. 믿음

무엇을 소원하지 않고 살아갈 수 있는 나무,
누구에게나 그늘이 되어주는 나무,
그런 나무의 믿음을 가져야겠다

절대신앙

김현승

당신의 불꽃 속으로
나의 눈송이가
뛰어듭니다.

당신의 불꽃은
나의 눈송이를
자취도 없이 품어줍니다.

오늘 하루도 거룩하다

이문재

오늘도 지구를 일용했다
아침에 지구를 먹고
낮에 지구를 많이 사용하고
새벽까지 지구 위에 누워 있었다
내가 버린 것들은 모두
지구로 돌아갔다
오늘 하루도 지구에게 미안했다

나는 이 지구 위에서
자력 신앙이 아니다
자력은 나의 힘이 아니다

삶

이해인

내 몸속에 길을 낸 혈관 속에
사랑은 살아서 콸콸 흐르고 있다

내 허전한 머리를 덮은 머리카락처럼
죽음도 검게 일어나
나와 함께 매일을 빗질하고 있다

깎아도 또 생기는 단단한 껍질
남모르게 자라나는 나의 손톱처럼
보이지 않는 신앙도
보이지 않게 크고 있다

살아 있는 세포마다
살아 있는 사랑
살아 있는 슬픔을
아무도 셀 수가 없다

산다는 것은

흐르면서 죽는 것
보이지 않게

조금씩 흔들리며
성숙하는 아픔이다

내 잔이 넘치나이다

홍수희

때로는 당신의 사랑이
나를 힘들게 하시었네

깊고 깊은 어둠 속에서
당신이 불어주던 휘파람 소리

그 길이 아니면 아니 된다고
나를 인도하시었네

어찌 편한 길은 그대로 두고
비탈진 그 길로 인도하시었네

사랑의 언덕은 높고도 험해
십자가 없이는 오르지도 못하리

당신이 두 팔 벌려 서 계신 그곳
그곳에 나 다다를 때까지

임이여, 휘파람을 불어주소서
내 잔이 넘치나이다

믿음은

김소엽

살려고 발버둥 치면 버둥댈수록
깊이깊이 갈앉아버리고
죽어도 좋다 편안히 내어 맡기면
생각도 못한 힘이
등허리를 밀어 올리고
이 무슨 권능의 부력이뇨.

은혜의 강물 속을 헤엄치면서
물의 부력보다 몇 천 갑절 더한
창조주의 부력을
송두리째 생명까지 내던지고서야
비로소 나타내어 주심을

믿음이란 기실
수영 연습 같사오만
늘 죽을 것만 같아서 믿지를 못하고
한세상 그렇게 염려만 하다가
그리는 님 하나 가지지 못한 세상

너를 한번쯤 던져볼 일이다.
눈 딱 감고 맡겨볼 일이다.
그리고 순종할 일이다.

난 발바닥으로

문익환

하느님
이 눈을 후벼 빼보시라구요
난 발바닥으로 볼 겁니다.
이 고막을 뚫어보시라구요
난 발바닥으로 들을 겁니다.
이 코를 틀어막아 보시라구요
난 발바닥으로 숨을 쉴 겁니다.
이 입을 봉해 보시라구요
난 발바닥으로 소리칠 겁니다.
단칼에 이 목을 날려보시라구요
난 발바닥으로 당신 생각을 할 겁니다.
도끼로 이 손목을 찍어보시라구요
난 발바닥으로 풍물을 울릴 겁니다.
창을 들어 이 심장을 찔러보시라구요
난 발바닥으로 피를 철철 쏟으며 사랑을 할 겁니다.
장작더미에 올려놓고 발바닥에 불 질러보시라구요
젠장 난 발바닥 자죽만으로 남아
길가의 풀포기들하고나 사랑을 속삭일 겁니다.

믿음에 관하여

임영석

나무를 보니 나도 확실한 믿음이 있어야겠다
어떠한 바람에도 흔들리지 않는 기둥이 있어
우러러 부끄러움이 없는 삶을 살다가 가야겠다
그러려면 먼저 깊은 뿌리를 내릴 수 있는 땅에
내 마음의 나무 한 그루 심어야겠다
눈과 비, 천둥과 번개를 말씀으로 삼아
내 마음이 너덜너덜 닳고 헤질 때까지
받아 적고 받아 적어 어떠한 소리에도 귀 기울이지 않는
침묵의 기도문 하나 허공에 세워야겠다
남들이 부질없다고 다 버린 똥, 오줌
향기롭게 달게 받아먹고 삼킬 수 있는 나무,
무엇을 소원하지 않고 살아갈 수 있는 나무,
누구에게나 그늘이 되어주는 나무,
그런 나무의 믿음을 가져야겠다
하늘 아래 살면서 외롭고 고독할 때
눈물을 펑펑 흘리며 울고 싶을 때
못 들은 척 두 귀를 막고 눈감아 주는 나무처럼
나도 내 몸에 그런 믿음을 가득 새겨야겠다

9. 소망

어쩌면 나는 우표처럼 살고 싶어요
누군가의 마음 위에 붙지만
도착하면 쓸모 다하고 버려지는 우표처럼

어느 날의 고백

김소엽

내 마음을
당신으로 가득
채울 수만 있다면

한순간만이라도
온전히
당신의 피로
전신을 돌릴 수만 있다면

내 안 동굴에서
울부짖는
짐승의 울음
그칠 수만 있다면

세상의 꽃과
호랑나비의 춤
떨쳐버릴 수만 있다면

아,

육신을 버릴 수만 있다면

끼리에 엘레이손*!

끼리에 엘레이손!

*주여 긍휼히 여기소서

희망은 깨어 있네

이해인

나는
늘 작아서
힘이 없는데
믿음이 부족해서
두려운데
그래도 괜찮다고
당신은 내게 말하더군요

살아있는 것 자체가 희망이고
옆에 있는 사람들이
다 희망이라고
내가 다시 말해주는
나의 작은 희망인 당신
고맙습니다

그래서 오늘도
나는 숨을 쉽니다
힘든 일 있어도

노래를 부릅니다
자면서도 깨어 있습니다

연기

천상병

나무가 타면
연기가 나고
그 연기는 하늘하늘 올라간다.

나는 죽으면 땅속인데
그래도 나의 영혼은
하늘에의 솟구침이어야 하는데

어찌 나의 영혼이
나무보다 못하겠는가?
죽은 다음에는 연기이기를!

희망에는 신의 물방울이 들어 있다

김승희

꽃들이 반짝반짝했는데
그 자리에 가을이 앉아 있다

꽃이 피어 있을 땐 보지 못했던
검붉은 씨가 눈망울처럼 맺혀 있다

희망이라고……
희망은 직진하진 않지만
희망에는 신의 물방울이 들어 있다

기도의 편지

서정윤

하느님
당신은 당신의 일을 하고
나는 나의 일을 합니다.

하늘 가득 먹구름으로 굵은 빗방울이
떨어지는 건 당신의 일이지만
그 빗방울에 젖는 어린 화분을
처마 밑으로 옮기는 것은 나의 일,

하늘에 그려지는 천둥과 번개로
당신은 당신이 있다는 것을
알리지만
그 아래 떨고 있는 어린아이를
안고 보듬으며 나는
아빠가 있다는 것으로
달랩니다.

당신의 일은 모두가 옳습니다만

우선 눈에 보이는
인간적인 쓸쓸함으로 외로워하는
아직 어린 영혼을 위해
나는 쓰이고 싶어요.

어쩌면 나는 우표처럼 살고 싶어요.
꼭 필요한 눈빛을 위해
누군가의 마음 위에 붙지만
도착하면 쓸모 다하고 버려지는 우표처럼
나도 누군가의 영혼을
당신께로 보내는 작은 표시가
되고 싶음은
아직도 욕심이 많음인가요.

조그만 마을의 이발사

이준관

나는 조그만 마을의 이발사가 되고 싶다
가난한 사람들의 머리를 깎아주고,
햇빛과 바람으로 거칠어진 그들의 턱수염을 밀어주는
이발사가 되고 싶다.

비록 내 가위질은 서툴겠지만,
나귀처럼 가위는
스프링이 낡은 의자에 앉아 있는 그들의 삶을
위로해주는 말을
속삭일 것이다.

내가 어렸을 때 이발소에서
처음 읽었던 푸슈킨의 시.
삶이 그대를 속일지라도 노여워하지 말라던
허름한 액자에 걸려 있던 시.

삶은 끝내 가난한 그들을 속이고
나도 속였지만

나는 조그만 마을의 이발사가 되고 싶다.

다섯 평 좁은 이발소에
난로를 피우고
주전자에 물을 끓이며,
수증기 뽀얀 유리창 너머
자작나무처럼 하얀 성탄절의 눈을
기다리겠다.

그리고 가난한 아이들의 머리를
성탄목(聖誕木)처럼
아름답게 깎고 다듬어주겠다.

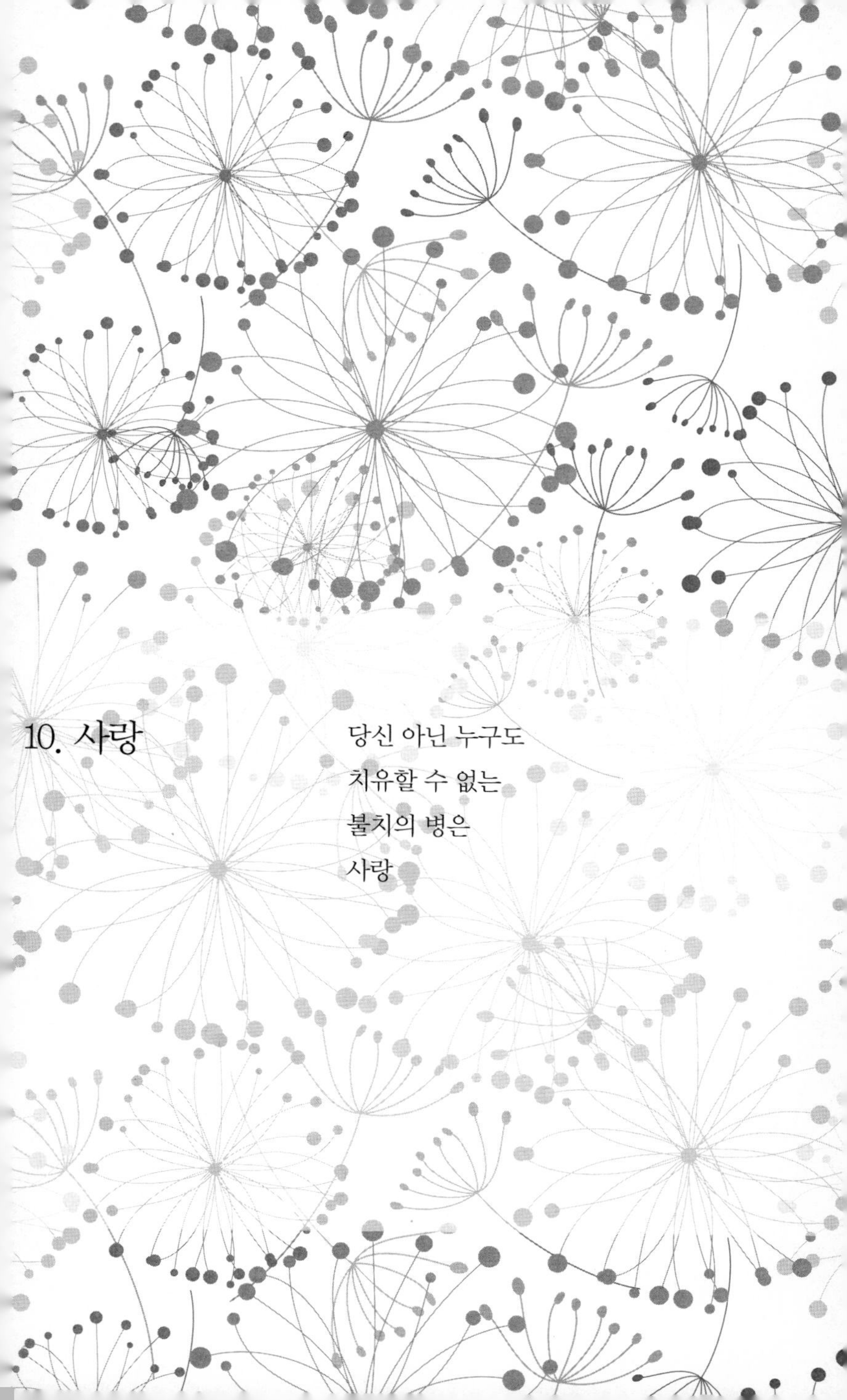

10. 사랑

당신 아닌 누구도
치유할 수 없는
불치의 병은
사랑

해바라기 연가

이해인

내 생애가 한 번뿐이듯
나의 사랑도
하나입니다

나의 임금이여
폭포처럼 쏟아져 오는 그리움에
목메어
죽을 것만 같은 열병을 앓습니다

당신 아닌 누구도
치유할 수 없는
불치의 병은
사랑

이 가슴 안에서
올올이 뽑은 고운 실로
당신의 비단 옷을 짜겠습니다

빛나는 얼굴 눈부시어
고개 숙이면
속으로 타서 익는 까만 꽃씨
당신께 바치는 나의 언어들

이미 하나인 우리가
더욱 하나가 될 날을
확인하고 싶습니다

나의 임금이여
드릴 것은 상처뿐이어도
어둠에 숨지지 않고
섬겨 살기 원이옵니다

별의 아픔

남궁벽

임이시여, 나의 임이시여, 당신은
어린아이가 뒹굴을 때에
감응적으로 깜짝 놀라신 일이 없으십니까.

임이시요, 나의 임이시여, 당신은
세상 사람들이 지상의 꽃을 비틀어 꺾을 때에
천상의 별이 아파한다고 생각지 않으십니까.

몸과 마음을 함께 사랑하니

차옥혜

씻네 몸도 씻고 마음도 씻네
닦네 몸도 닦고 마음도 닦네
먹이네 몸도 먹이고 마음도 먹이네
걷네 몸도 걷고 마음도 걷네
자네 몸도 자고 마음도 자네
깨우네 몸도 깨우고 마음도 깨우네
사랑하네 몸과 마음을 함께 사랑하니
몸과 마음 하나로
꽃이 되고 열매가 되네
별이 되고 하늘이 되네

일용할 양식

이향아

가을 들판 노적가리 짚단에 파묻혀도
허기는 사철 때를 맞춰 와서
유리하는 탕자로 당신을 떠납니다.
굶주리며 당신을 은금과 바꿔
해마다 흉년
어둡고 긴 겨울

우리들의 양식은 사랑
오늘날
일용할 양식 중의 제일은 사랑

돌배나무 그늘에서도 두 팔 벌려
기다리면
나도 단물 오르는 가을 열매
두 마리 물고기와 다섯 덩이 떡으로
내 평생 먹고도 남을
땅 위의 양식
내 광주리에 넘치는 기적이여

타고난 이 육신에 불을 붙여주소서
내 영혼의 등잔에
향유를 채워주소서
혼신으로 뽑아 올린 심지 끝에서
내 생명을 광휘로 사르게 해주소서

주여,
내 잔이 차고 넘칠 때에도
당신을 잊어버리지 않게만 하소서.

죽도록 사랑해서

김승희

죽도록 사랑해서
죽도록 사랑해서
정말로 죽어버렸다는 이야기는
이제 듣기가 싫다

죽도록 사랑해서
가을 나뭇가지에 매달려 익고 있는
붉은 감이 되었다는 이야기며
옥상 정원에서 까맣게 여물고 있는
분꽃 씨앗이 되었다는 이야기며
한계령 천 길 낭떠러지 아래 서서
머나먼 하늘까지 불 지르고 있는
타오르는 단풍나무가 되었다는
그런 이야기로
이제 가을은 남고 싶다

죽도록 사랑해서
죽도록 사랑해서

핏방울 하나하나까지 남김없이
셀 수 있을 것만 같은
이 투명한 가을햇살 아래 앉아

사랑의 창세기를 다시 쓰고 싶다
또다시 사랑의 빅뱅으로 돌아가고만 싶다

사랑법

서덕석

그대 진실로 나를 사랑하려거든
높고 고상한 이름뿐인 나를 사랑하지 말 것,
다만 낮고 낮은 곳에서 머리 풀고
속으로 흐느끼는 나의 슬픔을 껴안을 것,
나를 위해서 울지 말고
땅의 사람들을 위해서 울 것,
외로운 자와 함께 외로워하고
분노하는 자와 함께 분노할 것,
목말라 하는 자의 목마름과
배고픈 자의 배고픔을 나누어 가질 것,
그대 진실로 나를 사랑하려거든
거짓과 속임수와 위선으로 가득 찬
그대 병든 가슴을 죽도록 미워할 것.

사랑의 기도

김재진

영하의 대지를 견디고 있는 나목처럼
그렇게 누군가를
사랑할 수 있다면 좋겠습니다.
꽃 한 송이 피우기 위해 제 생애 바친
깜깜한 땅속의 말없는 뿌리처럼
아무것도 바라지 않고 아무것도 누리지 못해도
온몸으로 한 사람을 껴안을 수 있다면 좋겠습니다.
아무도 미워하지 않고 아무도 원망하지 않는
잔잔하고 따뜻하며 비어 있는 그 마음이
앉거나 걷거나 서 있을 때도
피처럼 온몸에 퍼질 수 있다면 좋겠습니다.

사랑을 위한 기도

홍수희

내일은
오늘처럼 살지 않게 하소서

하루해가 뜨고
하루해가 지기까지
나에 대한 실망을
두려워하지 않게 하소서

다짐을 하면 할수록
거듭되는 실패를
따뜻하게
보듬게 하여 주소서

반복되는 시련도 절망도
어두운 나를 알아
당신 앞에
한없이 낮아지는 일

사랑은
천천히 완성되는 것
나로부터 너에게로
소리 없이 스며드는 것

나로 하여
서두르지 않게 하소서
너를 사랑하기 위하여
먼저 나를 사랑하게 하소서

사람은 사랑한 만큼 산다

박용재

사람은 사랑한 만큼 산다
저 향기로운 꽃들을 사랑한 만큼 산다
저 아름다운 목소리의 새들을 사랑한 만큼 산다
숲을 온통 싱그러움으로 채우는 나무들을 사랑한 만큼 산다

사람은 사랑한 만큼 산다
이글거리는 붉은 태양을 사랑한 만큼 산다

외로움에 젖은 낮달을 사랑한 만큼 산다
밤하늘의 별들을 사랑한 만큼 산다

사람은 사람을 사랑한 만큼 산다
홀로 저문 길을 아스라이 걸어가는
봄, 여름, 가을, 겨울의 나그네를 사랑한 만큼 산다

예기치 않은 운명에 몸부림치는 생애를 사랑한 만큼 산다
사람은 그 무언가를 사랑한 부피와 넓이와 깊이만큼 산다

그만큼이 인생이다

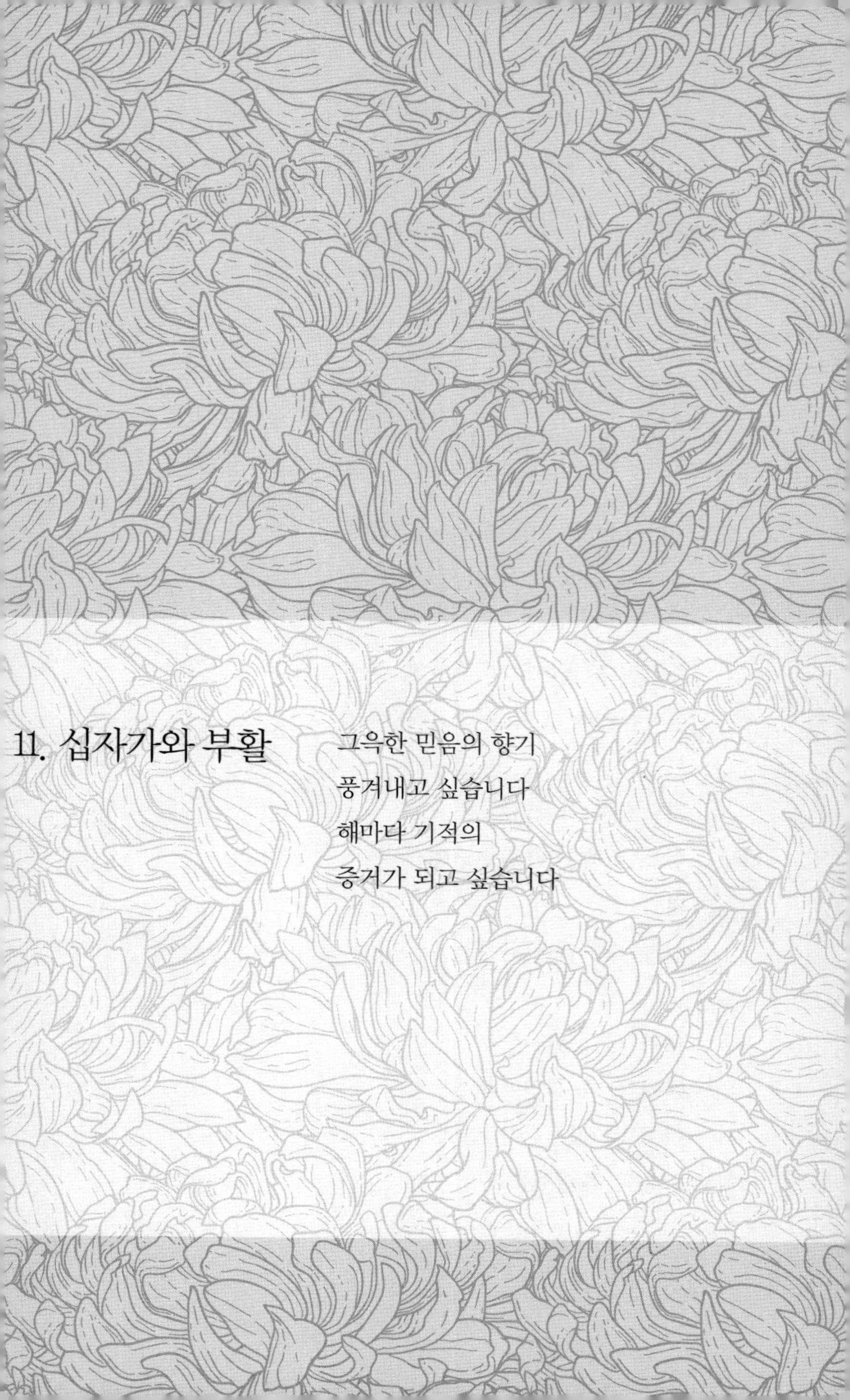

11. 십자가와 부활

그윽한 믿음의 향기
풍겨내고 싶습니다
해마다 기적의
증거가 되고 싶습니다

십자가

윤동주

쫓아오던 햇빛인데
지금 교회당 꼭대기
십자가에 걸리었습니다.

첨탑(尖塔)이 저렇게도 높은데
어떻게 올라갈 수 있을까요.

종소리도 들려오지 않는데
휘파람이나 불며 서성거리다가

괴로웠던 사나이,
행복한 예수 그리스도에게
처럼
십자가가 허락된다면

모가지를 드리우고
꽃처럼 피어나는 피를
어두워 가는 하늘 밑에
조용히 흘리겠습니다.

십자가 아래서

홍수희

고독과 고통을 음미하라!
아주 천천히

그리하여 그곳에서
마침내 단맛이 나게 하라!

그때 비로소,
고독은 기도가 되고
고통은 은총이 되리라!

화려한 십자가

이향아

동네에 고급 아파트가 들어서면서
예배당도 네 군데나 새로 문을 열었다
아파트로 솟아오른 십자가의 불빛은
밤을 지켜 새벽이면 빈혈이 깊어가도
그야 어떠랴, 아름다운 일이다
요즘 세상에서 유행하는 말로
기죽지 마, 기죽지 말라고
소리소리 저렇게 자지러지면서도
하늘에 먼저 가서 닿으려는 발돋움
그야 어떠랴, 어여쁜 일이다
다만 이것만은 걱정이다
외롭던 성자의 피에 젖던 고난이
오늘은 애드벌룬처럼 떠 있어도 되는지
유명 메이커의 상표 속에서
저토록 헤픈 눈짓으로 손을 까불어도 되는지
화려한 십자가가
죄짐보다 무겁게 어깨를 짓누르는 새벽
기죽지 마, 기죽지 마,

나는 얼토당토않게

기죽지 않을 것만 결심하였다

죽음이 삶을 받쳐주고

차옥혜

구십팔 세 할머니는 죽음으로
자손들을 다 불러 모아 잔치를 베풀었다.
굴삭기가 파헤친 산자락에
할머니가 눕고
봉분이 만들어지자
사람들은 술을 마시고 음식을 먹으며
호상이라고 거리낌 없이 웃어대며
말을 주고받는다.
할머니는 땅에 묻혔지만 묻히지 않고
자손들 틈에 끼여 앉아
뿔뿔이 흩어져 살지만 친척들은 하나라고
서로 모여 힘을 합치면 큰 힘이 된다고
사람의 향기가 얼마나 좋으냐고 말했다.
장례를 치르는 동안
미워하던 시누이와 올케도
야속해하던 동서끼리도
섭섭해하던 형제끼리도
헤어지려던 부부도

어느덧 다정하게 팔을 건다.
할머니는 사람은 봉분처럼
둥근 마음으로 살아야 한다고
아무리 고생스러워도
삶은 아름다운 것이라고
아무리 남루해도
살아 있다는 것은 축복이라고 속삭였다.
할머니의 새 무덤 위로
파르륵 파르륵
지는 나뭇잎도 어여뻤다.

부활절에

김현승

당신의 핏자국에선
꽃이 피어 — 사랑이 피어
땅 끝에서 땅 끝에서
당신의 못자국은
우리에게 열매 맺게 합니다.

당신은 지금 무덤 밖
온 천하에 계십니다 — 두루 계십니다
당신은 당신의 손으로
로마를 정복하지 않았으나
당신은 그 손의 피로
로마를 붙들게 하셨습니다.
당신은 지금 유태인의 옛 수의를 벗고
모든 4월의 관에서 나오십니다.
모든 나라가
지금은 이것을 믿습니다.

증거로는 증거할 수 없는 곳에

모든 나라의 합창은 우렁차게 울려납니다.
해마다 3월과 4월 사이의
훈훈한 땅들은,
밀알 하나가 썩어서 다시 사는 기적을
우리에게 보여줍니다.
이 파릇한 새 목숨의 순으로……

내 믿음의 부활절

유안진

지난겨울
얼어 죽은 그루터기에도
새싹이 돋습니다

말라 죽은 가지 끝
굳은 티눈에서도
분홍 꽃잎 눈부시게 피어납니다

저 하찮은 풀포기도
거듭 살려내시는 하나님
죽음도 물리쳐 부활의 증거 되신 예수님

깊이 잠든 나의 마음
말라죽은 나의 신앙도
살아나고 싶습니다

당신이 살아나신
기적의 동굴 앞에

이슬 젖은 풀포기로
부활하고 싶습니다

그윽한 믿음의 향기
풍겨내고 싶습니다
해마다 기적의
증거가 되고 싶습니다

부활절 아침에

문익환

빛은
무덤에서
새어 나온다

사랑을 잃은 막달라 마리아의
휑뎅그렁한 가슴 같은
무덤

빛을 그리는 마음뿐이다가
쏟아진 별빛들이
오순도순
새 아침을 마련하는
곳

빛은
그런 무덤에서
새어 나온다

생명은
무덤에서
돋아난다

〈平和市場〉에서 시들어가는
아까운 꽃송이들을
사랑하다가 사랑하다가
한 줌 재가 된

아—
〈全泰一〉의 꽃 같은 마음에
풀씨들은 울먹이며
더듬더듬
새 봄을 마련하는 곳

생명은
그런 무덤에서
돋아난다

부활절에 드리는 기도

피천득

이 성스러운 부활절에
저희들의 믿음이
부활하게 하여 주시옵소서.

저희들이
당신의 뜻에 순종하는
그 마음이 살아나게 하여 주시옵소서.

권력과 부정에 굴복하지 아니하고,
정의와 사랑을 구현하는
그 힘을 저희에게 주시옵소서.

12. 기도

가만히 눈을 감기만 해도
기도하는 것이다
고개 들어 하늘을 우러르며
숨을 천천히 들이마시기만 해도

가난한 새의 기도

이해인

꼭 필요한 만큼만 먹고
필요한 만큼만 둥지를 틀며
욕심을 부리지 않는 새처럼
당신의 하늘을 날게 해주십시오

가진 것 없어도
맑고 밝은 웃음으로
기쁨의 깃을 치며
오늘을 살게 해주십시오

예측할 수 없는 위험을 무릅쓰고
먼 길을 떠나는 철새의 당당함으로
텅 빈 하늘을 나는
고독과 자유를 맛보게 해주십시오

오직 사랑 하나로
눈물 속에도 기쁨이 넘쳐날
서원의 삶에

햇살이 넘쳐오는 축복

나의 선택은
가난을 위한 가난이 아니라
사랑을 위한 가난이기에
모든 것 버리고도
넉넉할 수 있음이니

내 삶의 하늘에 떠다니는
흰 구름의 평화여

날마다 새가 되어
새로이 떠나려는 내게
더 이상
무게가 주는 슬픔은 없습니다.

기도

물질에 관하여

김소엽

하나님
나로 하여금
가진 것이 너무 많아
하나님보다 높이
물질을 쌓아
내가 왕이 되지 말게 하시고

나로 하여금
가진 것이 너무 적어
사람 앞에 비굴해져서
시녀가 되지 않게 하소서

당신의 귀한 여종이
품위를 지키게 하옵시며
제 푼수에 합당한
물질을 허락하사

헐벗은 이웃을 돌아보고
조금은 가슴 아프게 하시되
적절히 베풀어
천국의 기쁨을 나누도록만
허락하소서

물질이 너무 많아
디딤돌이 될까
물질이 없어
걸림돌이 될까
두렵사오니
부유롭게도
가난하게도
마시고, 오직
일용한 양식만을
내려주소서

오래된 기도

이문재

가만히 눈을 감기만 해도
기도하는 것이다

왼손으로 오른손을 감싸기만 해도
그렇게 맞잡은 두 손을 가슴 앞에 모으기만 해도
말없이 누군가의 이름을 불러주기만 해도
노을이 질 때 걸음이 멈추기만 해도
꽃 진 자리에서 지난 봄날을 떠올리기만 해도
기도하는 것이다

우리는 기도하는 것이다
음식을 오래 씹기만 해도
촛불 한 자루 밝혀놓기만 해도
솔숲을 지나는 바람소리에 귀 기울이기만 해도
갓난아이와 눈을 맞추기만 해도
자동차를 타지 않고 걷기만 해도

섬과 섬 사이를 두 눈으로 이어주기만 해도

그믐달의 어두운 부분을 바라보기만 해도
우리는 기도하는 것이다
바다에 다 와가는 저문 강의 발원지를 상상하기만 해도
별똥별의 앞쪽을 조금만 더 주시하기만 해도
나는 결코 혼자가 아니라는 사실을 받아들이기만 해도
나의 죽음은 언제나 나의 삶과 동행하고 있다는
평범한 진리를 인정하기만 해도

기도하는 것이다
고개 들어 하늘을 우러르며
숨을 천천히 들이마시기만 해도

기도

나태주

내가 외로운 사람이라면
나보다 더 외로운 사람을
생각하게 하옵소서

내가 추운 사람이라면
나보다 더 추운 사람을
생각하게 하여 주옵소서

내가 가난한 사람이라면
나보다 더 가난한 사람을
생각하게 하옵소서

더욱이나 내가 비천한 사람이라면
나보다 더 비천한 사람을
생각하게 하옵소서

그리하여 때때로
스스로 묻고

스스로 대답하게 하여 주옵소서

나는 지금 어디에 와 있는가?
나는 지금 어디로 향해 가고 있는가?
나는 지금 무엇을 보고 있는가?
나는 지금 무엇을 꿈꾸고 있는가?

작은 기도

김인제

제가 밟는 땅과 숨 쉬는 공기에서
당신의 지혜를 느끼게 하시며
마음을 아래에 두어
한쪽으로 치우치지 않은 평등심을 갖게 하소서

다른 이와 내가 둘이 아님을 알게 하시며
세상 만물 중 작은 하나임을 가슴 깊이 느끼게 하소서.

삶 속에 고통의 바다를 만날 때
당신의 지혜를 느끼게 하시며
당신의 고행을 생각하게 하시며
피하기보다는 순응케 하시어
스스로 졌던 짐을 스스로 내려놓게 하소서.

걸음걸이 하나에 수많은 생명이 있음을 알게 하시고
살아 있는 모든 것을 내 몸같이 아끼게 하시어
함부로 가벼이 여기지 않게 하소서

한마음 거둘 때가 오면
맑은 정신으로 그때를 맞게 하시어
한순간 낙엽이 떨어지듯 세상에 인연이 다한 날
선한 눈매 선한 웃음으로
그곳으로 갈 수 있게 하소서.

*친구를 대신해 스스로 사형수의 길을 선택한 이의 기도

거인

김재진

사람들은 기도를 무엇을 구하는 것이라 여기네
가까운 이의 죽음 앞에 아무것도 할 수 없어 무기력할 때
누군가로부터 버림받았을 때
사랑하는 이의 눈동자 속에서 더 이상
내 안을 비추는 따뜻한 빛 찾을 수가 없을 때
답답함이 세력을 얻어 숨조차 쉴 수 없을 때
내일이 안 보이는 깜깜함에 갇혔을 때
어딘가에 매달려 사람들은 기도하고 싶어 하네

한때 내가 사랑했던 사람과
한때 내가 미워했던 사람과
한때 나를 힘들게 했던 그 모든 벽들과
벽들이 갈라놓은 질식의 공간과
저녁의 식사와 아침의 푸른 공기 사이에 박혀 있는
갈구의 절박함
그러나 기도는 뭔가를 구하는 것이 아니라네
기도는 또 하나의 나
내 안에 숨어 있는 거인을 불러내는 일이라네

13. 은혜와 감사

내가 행복할 때
나는 오늘의 햇빛을 따스히 사랑하고
내가 불행할 때
나는 내일의 별들을 사랑한다

감사

노천명

저 푸른 하늘과
태양을 볼 수 있고

대기를 마시며
내가 자유롭게 산보할 수 있는 한

나는 충분히 행복하다
이것만으로 나는 신에게
감사할 수 있다.

축복

피천득

나무가 강가에 서 있는 것은
얼마나 복된 일일까요

나무가 되어 나란히 서 있는 것은
얼마나 복된 일일까요

새들이 하늘을 날으는 것은
얼마나 기쁜 일일까요

새들이 되어 나란히 날으는 것은
얼마나 기쁜 일일까요

나의 가난함

천상병

나는 볼품없이 가난하지만
인간의 삶에는 부족하지 않다.
내 형제들 셋은 부산에서 잘살지만
형제들 신세는 딱 질색이다.

각 文學社에서 날 돌봐주고
몇몇 文人들이 날 도와주고

그러니 나는 불편함을 모른다.
다만 하늘에 감사할 뿐이다.

이렇게 가난해도
나는 가장 행복을 맛본다.
돈과 행복은 상관없다.
부자는 바늘귀를 통과해야 한다.

쥐코밥상

고진하

홀로 되어
자식 같은 천둥지기 논 몇 다랑이
붙여먹고 사는 홍천댁

저녁 이슥토록
비바람에 날린 못자리의 비닐
씌워주고 돌아와

식은 밥 한 덩이
산나물 무침 한 접시
쥐코밥상에 올려놓고

먼저 감사의 기도를 올린다
흙물 든 두 손 비비며.

외팔의 그녀

김지향

그녀는 비를 맞지 않는다.
팔이 나와 있지 않으므로

그녀는 성냥갑집 속에서 불편하지 않다
구겨 넣을 팔이 하나밖에 없으므로

그녀는 멈추지 않고
잠자지도 않고
한눈팔지 않고
두 개의 욕심을 내지 않는다
하나만 잡을 수 있으므로

그녀는 자랑하지 않는다
그대보다 하나가 적으므로
그녀는 울지 않는다
열매처럼 많은 사랑을 잡은
두 몫의 한 팔이 있으므로

몸의 하나가 없을 때
영혼의 하나가 더 있어
세상을 보다 밝고 돋보이게 한다.

행복의 얼굴

김현승

내게 행복이 온다면
나는 그에게 감사하고
내게 불행이 와도
나는 또 그에게 감사한다

한 번은 밖에서 오고
한 번은 안에서 오는 행복이다

우리의 행복의 문은
밖에서도 열리지만
안에서도 열리게 되어 있다

내가 행복할 때
나는 오늘의 햇빛을 따스히 사랑하고
내가 불행할 때
나는 내일의 별들을 사랑한다

이와 같이 내 생명의 숨결은

밖에서도 들이쉬고
안에서도 내쉬게 되어 있다

이와 같이 내 생명의 바다는
밀물이 되기도 하고
썰물이 되기도 하면서
끊임없이 끊임없이 출렁거린다

고맙다, 고맙다, 다 고맙다

김종원

세상을 산다는 게 문득 외로워져
집을 나와 겨울거리를 걸어보니
차가운 바람에 한기를 느끼며
그동안 나의 몸을 따스하게 감싸주던
두터운 외투에게 고맙고,
외투가 없으면 춥다는 걸 느끼게 해주는
내 몸에게도 고맙다

사랑에 실패한 후
헤어지고 나서야 비로소
사랑의 소중함을 알게 해준
이별에게도 고맙고,
쓰린 이별 덕분에
하늘이 무너질 것 같은데도 불구하고
아직도 내 머리 위에서
무너지지 않고 든든하게 서 있는
푸른 하늘에게도 고맙다

푸른 하늘을 바라보다가
문득 흐려져, 비가 내릴 것 같은 하늘을 느끼며
인생을 산다는 건
행복하다가도, 문득 흐려질 수도 있다는 것을
몸소 알려준 하늘에게
다시 또 고맙고
그걸 느낄 수 있게
하늘을 바라볼 수 있는 여유를 주신
하나님께도 감사한다

고맙다 고맙다
다 고맙다
이 세상은 고마운 것투성이다.

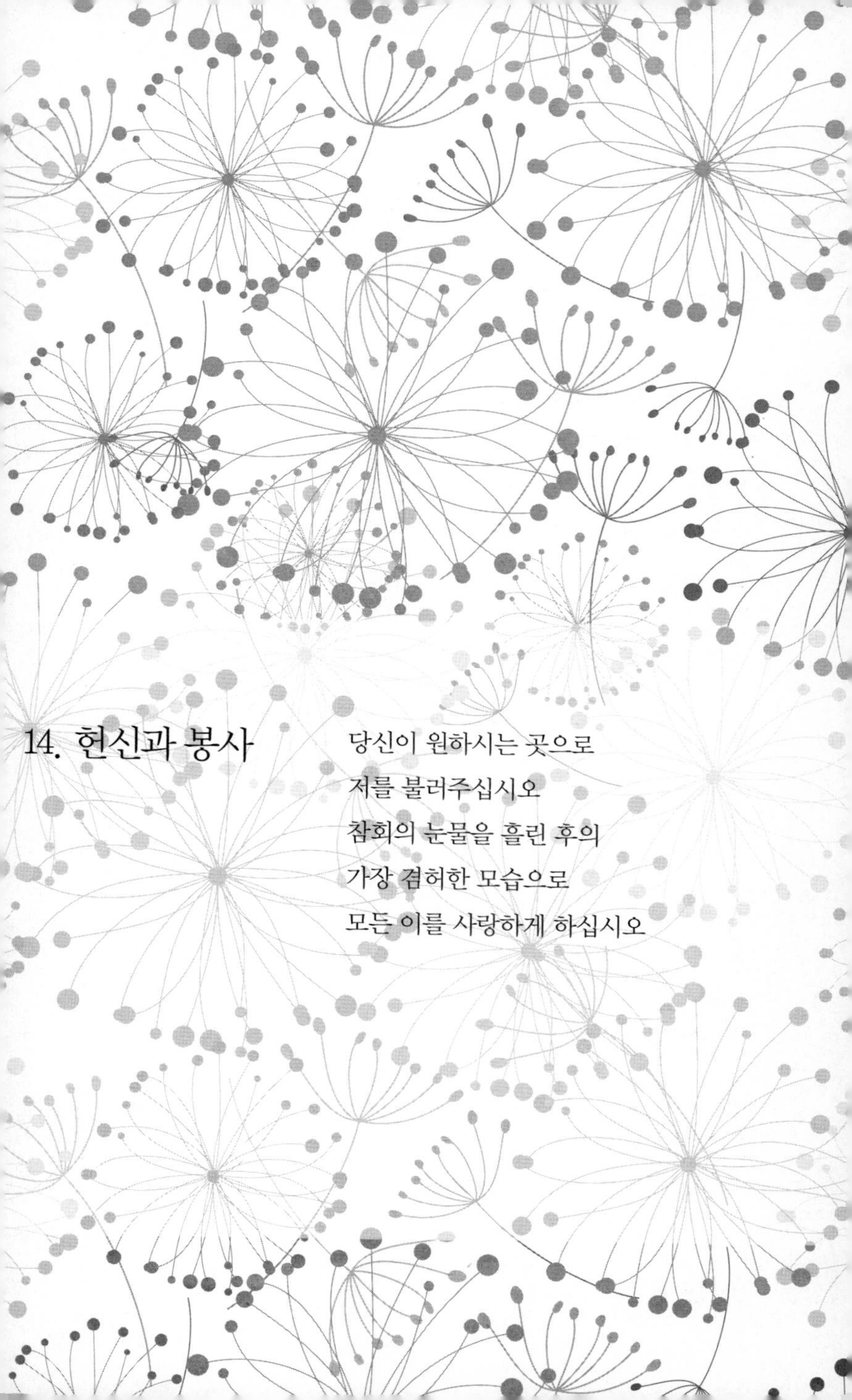

14. 헌신과 봉사

당신이 원하시는 곳으로
저를 불러주십시오
참회의 눈물을 흘린 후의
가장 겸허한 모습으로
모든 이를 사랑하게 하십시오

아가 23

신달자

나를 잃으므로
너를 얻는다

너를 얻으므로
나를 찾는다

그제야
진실한 나를 가진다

자주 한 생각

이기철

내가 새로 닦은 땅이 되어서
집 없는 사람들의 집터가 될 수 있다면
내가 빗방울이 되어서
목 타는 밭의 살을 적시는 여울물로 흐를 수 있다면
내가 바지랑대가 되어서
지친 잠자리의 날개를 쉬게 할 수 있다면
내가 음악이 되어서
슬픈 사람의 가슴을 적시는 눈물이 될 수 있다면
아, 내가 뉘 집 창고의 과일로 쌓여서
향기로운 향기로운 술이 될 수 있다면

엉겅퀴의 기도

이해인

제가 필요한 곳이면
어디든지 가겠습니다
누구에게든지 가서
벗이 되겠습니다

참을성 있는 기다림과
절제 있는 다스림과
가시 속에서도 꽃을 피워낸
큰 기쁨을 님께 드리겠습니다

불길을 지닌 사랑 속에서만
물 같은 삶의 노래를 부를 수 있음을
내게 처음으로 가르쳐준 당신

모든 걸 당신께 맡기면서도
때로는 불안했고
저 자신의 무게를 감당하기
어려울 때도 많았습니다

일상의 잔잔한 평화와
고운 질서를 거부하고 달아나고 싶던
저의 보랏빛 반란이
너무도 길었음을 용서하십시오

이젠 더 이상
진실을 거부하지 않겠습니다
허영심을 버리고
그대로의 제가 되겠습니다

당신이 원하시는 곳으로
저를 불러주십시오
참회의 눈물을 흘린 후의
가장 겸허한 모습으로
모든 이를 사랑하게 하십시오

하느님의 바보들이여

문익환

어떤 일이 있어도 늙어서는 안 됩니다
언제까지라도 젊어야 합니다
싱싱하게 젊으면서도 깊어야 합니다
바다만큼 되기야 어찌 바라겠습니까마는
두세 키 정도 우물은 되어야 합니다
어찌 사람뿐이겠습니까
마소의 타는 목까지 축여주는 시원한 물이
흥건히 솟아나는 우물은 되어야 합니다
높은 하늘이야 쳐다보면서
마음은 넓은 벌판이어야 합니다
탁 트인 지평선으로 가슴 열리는
벌판은 못 돼도 널찍한 뜨락쯤은 되어야 합니다
오가는 길손들 지친 몸 쉬어 갈
나무 그늘이라도 있어야 합니다
덥석 잡아주는 손과 손의 따뜻한
온기야 하느님의 뛰는 가슴이지요
물을 떠다 발을 씻어주는
마음이야 하느님의 눈물이지요

냉수 한 그릇에 오가는 인정이야
살맛 없는 세상 맛 내는 양념이지요
이러나저러나 좀 바보스러워야 합니다
받는 것보다야 주는 일이 즐거우려면
좀 바보스러워야 하지 않겠습니까

바보스러운 하느님의 바보들이여

해바라기 꽃으로

작자 미상(어느 사형수)

혼신을 다해 감사합니다.
당신의 사랑 연못 위에 핀
작은 부용화처럼 정화의 도구로
써주소서

울적함을 느낄 때마다 당신을 마주하는
해바라기 꽃으로 피게 하소서
나와 남이 다름을 늘 생각하고
항상 이웃의 입장에 서서
생각하며 도우려는 고운 마음을
내려주소서
울적함을 느낄 때마다 당신을 마주하는
해바라기 꽃으로 피게 하소서

행복감에 도취해 남의 고통을
못 볼까 두렵기만 합니다.
내가 행복할 때에 이웃에게 사랑을
나누게 하소서

울적함을 느낄 때마다 당신을 마주하는
해바라기 꽃으로 피게 하소서

나 하나 꽃 피어

조동화

나 하나 꽃 피어
풀밭이 달라지겠냐고
말하지 마라.
네가 꽃 피고 나도 꽃 피면
결국 풀밭이 온통
꽃밭이 되는 것 아니겠느냐

나 하나 물들어
산이 달라지겠느냐고도
말하지 마라.
내가 물들고 너도 물들면
결국 온 산이 활활
타오르는 것 아니겠느냐.

작아지자

박노해

작아지자 작아지자
아주 작아지자
작아지고 작아져서
마침내는 아무것도 없어지게 하자
자신을 지키려는 수고도
작아지면 아주 작아지면 텅 비어 여유로우니
나의 사랑의 시작은 작아지는 것이요
나의 성숙은 더욱 작아지는 것이며
나의 완성은 아무것도 없어지는 것,
작아지자 아주 작아지자
작아져 순결한 내 영혼에 세상을 담고
세상의 슬픔과 희망을 담고
작아지고 작아져서
마침내는 아무것도 없어진 나
조국의 들꽃이 되자.
눈물 젖은 노동의 숨결이 되자
아무것도 아닌 이 땅의 민중이
그 모오든 것이 되도록 하자

이태석 신부님의 향기 때문에

차옥혜

예수님의 향기 때문에
슈바이처의 향기 때문에
고아를 돌보던 수녀님들의 향기 때문에
열 남매를 삯바느질로 키운
과부 어머니의 향기 때문에
의사로서 한국의 유복한 삶을 버리고
신부가 되어
내전과 가난과 병으로 시달리는
아프리카 수단 톤즈 사람들에게 가
학교를 세워 청소년들에게 꿈을 주고
청소년 취주악단도 만들어
가난한 사람들의 마음에 꽃을 심고
병을 고쳐주고 돌보며 희망을 주며
외로운 나환자들의 친구가 된
신부님의 향기 때문에
내가 운다

자신들을 위해 온몸을 불사르다

젊은 나이에 갑자기 암으로 세상을 떠난
신부님을 그리워하며
하느님 같았어요
우리들의 아버지였어요
내가 신부님 대신 죽었어야 하는데
흐느끼며 말하는 톤즈 사람들을 보며
내가 운다

신부님을 보면서도
사랑 없어 향기 없는 나 때문에
내가 운다

15. 일치와 연대

들꽃은 아름답지만
혼자서 아름다움을 뽐내지 않는다

새로운 길

윤동주

내를 건너서 숲으로
고개를 넘어서 마을로

어제도 가고 오늘도 갈
나의 길 새로운 길

민들레가 피고 까치가 날고
아가씨가 지나고 바람이 일고

나의 길은 언제나 새로운 길
오늘도…… 내일도……

내를 건너서 숲으로
고개를 넘어서 마을로

한 송이 들꽃은 혼자서 피지 않는다

이현주

한 송이 들꽃은 혼자서 피지 않는다
여럿이 어울려야 비로소 핀다

들꽃은 아름답지만
혼자서 아름다움을 뽐내지 않는다

한 송이 들꽃은 그래서
바람이 불어도 외롭지 않다

들꽃이 피어서
들꽃이 피어서

산이 무너지지 않는다
강이 끊어지지 않는다

풀꽃은 풀꽃끼리

허형만

풀꽃은 풀꽃끼리 외롭지 않네.
가난이야 하나님이 주신 거
때로는 슬픔의 계곡까지 몰려갔다가
저리 흐르는 게 어디 바람뿐이랴 싶어
다시금 터벅터벅 되돌아오긴 하지만
도회지 화려한 꽃집이 부러우랴
밤안개 아침 이슬 모두 함께이거늘
풀꽃은 풀꽃끼리 외롭지 않네
외로움이야 하느님이 주신 거
사람 속에 귀염 받는 화사한 꽃들은
사람처럼 대접받고 호강이나 하겠지만
때로는 모진 흙바람 속에
얼마나 시달리며 괴로워하리.
때로는 무심히 짓밟는 발에 뭉개져
얼마나 피눈물을 흘리리.
시르렁 시르렁 톱질한 박일랑
우리사 연분 없어 맺지 못해도
궂은 날 갠 날도 우리 함께이거늘
풀꽃은 풀꽃끼리 외롭지 않네.

사람과 함께 이 길을 걸었네

이기철

사람과 함께 이 길을 걸었네
꽃이 피고 소낙비가 내리고 낙엽이 흩어지고 함박눈이 내렸네
발자국이 발자국에 닿으면
어제 낯선 사람도 오늘은 낯익은 사람이 되네
오래 써 친숙한 말로 인사를 건네면
금세 초록이 되는 마음들
그가 보는 하늘도 내가 보는 하늘도 다 함께 푸르렀네
바람이 옷자락을 흔들면 모두들 내일을 기약하고
밤에는 별이 뜨리라 말하지 않아도 믿었네
집들이 안녕의 문을 닫는 저녁엔
꽃의 말로 인사를 건네고
분홍신 신고 걸어가 닿을 내일이 있다고
마음으로 속삭였네
불 켜진 집들의 마음을 나는 다 아네
오늘 그들의 소망과 내일 그들의 기원을 안고
사람과 함께 이 길을 걸어가네

버팀목에 대하여

복효근

쓰러진 나무를 고쳐 심고
각목으로 버팀목을 세웠습니다
산 나무가 죽은 나무에 기대어 섰습니다

그렇듯 얼마간 죽음에 빚진 채 삶은
싹이 트고 다시
잔뿌리를 내립니다

꽃을 피우고 꽃잎 몇 개
뿌려주기도 하지만
버팀목은 이윽고 삭아 없어지고

큰바람 불어와도 나무는 눕지 않습니다
이제는
사라진 것이 나무를 버티고 있기 때문입니다

내가 허위허위 길 가다가
만져보면 죽은 아버지가 버팀목으로 만져지고

사라진 이웃들도 만져집니다

언젠가 누군가의 버팀목이 되기 위하여
나는 싹 틔우고 꽃 피우며
살아가는지도 모릅니다.

나는

서정홍

누가 나 대신
들녘에서 땅을 갈고 있습니다.
누가 나 대신
공장에서 옷을 만들고 있습니다.
누가 나 대신
땡볕에서 집을 짓고 있습니다.
누가 나 대신
도로에서 길을 닦고 있습니다.

나는 아무것도 한 게 없는데
날마다 구수한 밥을 먹고
날마다 따뜻한 옷을 입고
날마다 편안하게 잠을 자고
날마다 길을 걸어갑니다.

누가 나 대신
이른 새벽부터 밤늦도록
때론 밤을 꼬박 새워

일을 하고 있습니다.

나는 '누가' 없으면
아무것도 아닙니다.

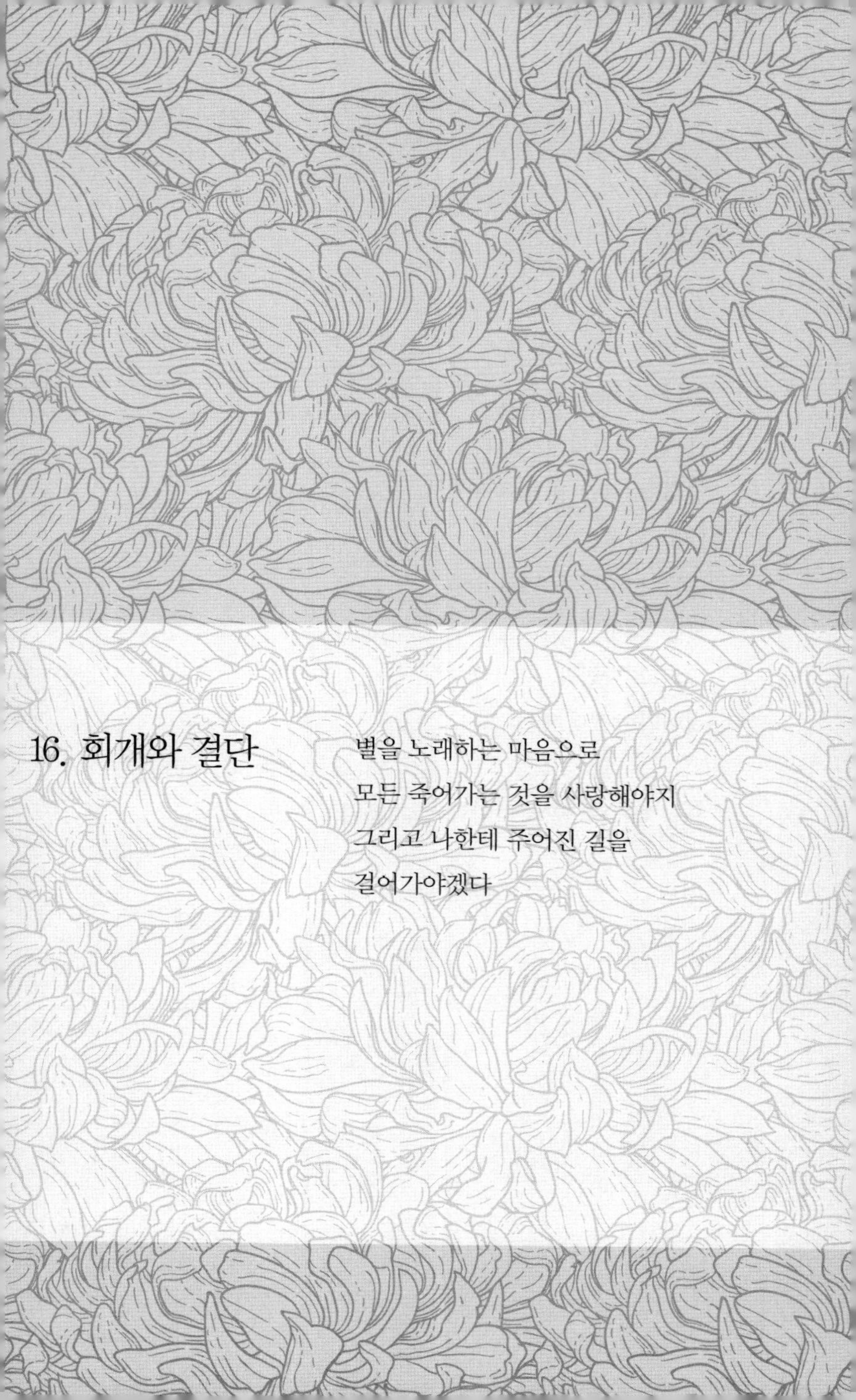

16. 회개와 결단

별을 노래하는 마음으로
모든 죽어가는 것을 사랑해야지
그리고 나한테 주어진 길을
걸어가야겠다

서시

윤동주

죽는 날까지 하늘을 우러러
한 점 부끄럼이 없기를
잎새에 이는 바람에도
나는 괴로워했다.
별을 노래하는 마음으로
모든 죽어가는 것을 사랑해야지
그리고 나한테 주어진 길을
걸어가야겠다.

오늘밤에도 별이 바람에 스치운다.

소금밭

유안진

나 죽으면
맛으로만 남아라
향기도 색깔도 모양도 버리고
오직 짜디짠 맛
정신으로만 남아라

살아 내 먹장가슴은
나 죽으면
연꽃 눈부신
진흙 못이 되지 말고
향기 황홀한
백합의 골짜기도 되지 말고

삼복 타는 불볕 아래
비로소 살아나는 소금맛 하나로
결단코 썩지 않는
정신의 텃밭 되거라
한 뙈기 소금밭이 되거라.

촛불

이해인

말은 이미
끝났습니다

純白의 가슴둘레
불꽃으로 피운 눈물

바람에도 휘지 않는 노을빛 사랑
당신은
내 이름을 불러 주십시오

죽어서도 무덤 없는
고독의 불꽃

소리도 안 들리는 곳에서
昇天을 꿈꾸며
태워 온 갈망

당신 위해 준비된 나에게

말은 이미
소용이 없습니다

북

김소엽

버리게 하소서
내 안에 가득한
부패한 것들을
미련 없이
버리게 하소서

포기하게 하소서
황금 송아지와
높은 의자를
눈 딱 감고
포기하게 하소서

비워주소서
북처럼
텅 빈 가슴 되어
당신의 북채로
울리게 하소서

당신 손끝에
한마당
신명나게
두들겨 맞고

정수리에서 발끝까지
죄를 토해내고

둥둥둥
해가 질 때까지
울리는
북
북이 되게 하소서

갈릴리 일기

서덕석

별 다른 소문도 없었다.
순찰을 도는 로마 병정들은
여전히 여유만만하고
양떼를 몰고
먼지를 일으키며 지나가는 목동들은
무표정했다.

바람도 머물러 있었다.
더러 따사로운 눈인사와
가난한 숨소리 속에서
목수 요셉의 아들은
건장한 청년으로 자라고.

아무도 그를 주목하지 않았다.
평범한 얼굴로 나무를 자르고
대패질을 배우면서
살아가는 길을 터득하였다.

언제부터인지 모른다.
생각에 잠긴 채 못질을 하다가
이따금 손가락을 때리고는
혼자서 멋쩍어하게 된 것은

심란한 날에는 호숫가를 찾았다
물새도 별 생각 없이
먹이를 구하고 새끼를 치지만
무슨 일이 그에게서 일어나고 있었는지

배를 탄 어부들이
그물을 걷어 올릴 때
그들의 구릿빛 건강한 팔뚝에
햇살이 빛나는 것을 보고
그는 전신을 부르르 떨었다.

그리고 예수는
다음 날 말없이 집을 떠났다.

반기(反旗)

이현주

반기를 들겠습니다
황금 번쩍이며
흐르는 이 시대의 물결 앞에
가난한 팔 치켜올려
당신의 반기를 들겠습니다

몇 줄기 갈대 잎은
강물에 묻혀서도
하늘 끝에 닿아 나부끼며
아아, 하늘에 닿아 나부끼며
넉넉하게 강물을 거스릅니다

참새보다도 황혼의 여우보다도
가난하셨던 사람의 아들이여

모든 것을 삼키는 이 풍요의 미친 날에
사람으로 살아남기 위하여
가난을 최후의 자랑으로 삼고

남루를 땅 끝의 영광으로 삼아
빈손 하늘에 나부끼며
마침내 들겠습니다
당신의 찢어진 반기를 들겠습니다

솔로몬의 온갖 영화를
한 송이 들꽃으로
쓸어버리신
사람, 사람의 아들이여

그렇게 하겠습니다

이기철

내 걸어온 길 되돌아보며
나로 하여 슬퍼진 사람에게 사죄합니다
내 밟고 온 길
발에 밟힌 풀벌레에게 사죄합니다

내 무심코 던진 말 한마디에 상처받은 이
내 길 건너며 무표정했던
이웃들에 사죄합니다

내 작은 앎 크게 전하지 못한 교실에
내 짧은 지식 신념 없는 말로 강요한
학생들에 사죄합니다

또 내일을 맞기 위해선
초원의 소와 순한 닭을 먹어야 하고
들판의 배추와 상추를 먹어야 합니다
내 한 포기 꽃나무도 심지 않고
풀꽃의 향기로움만 탐한 일

사죄합니다

저 많은 햇빛 공으로 쏘이면서도
그 햇빛에 고마워하지 않은 일
사죄합니다
살면서 사죄하면서 사랑하겠습니다
꼭 그렇게 하겠습니다

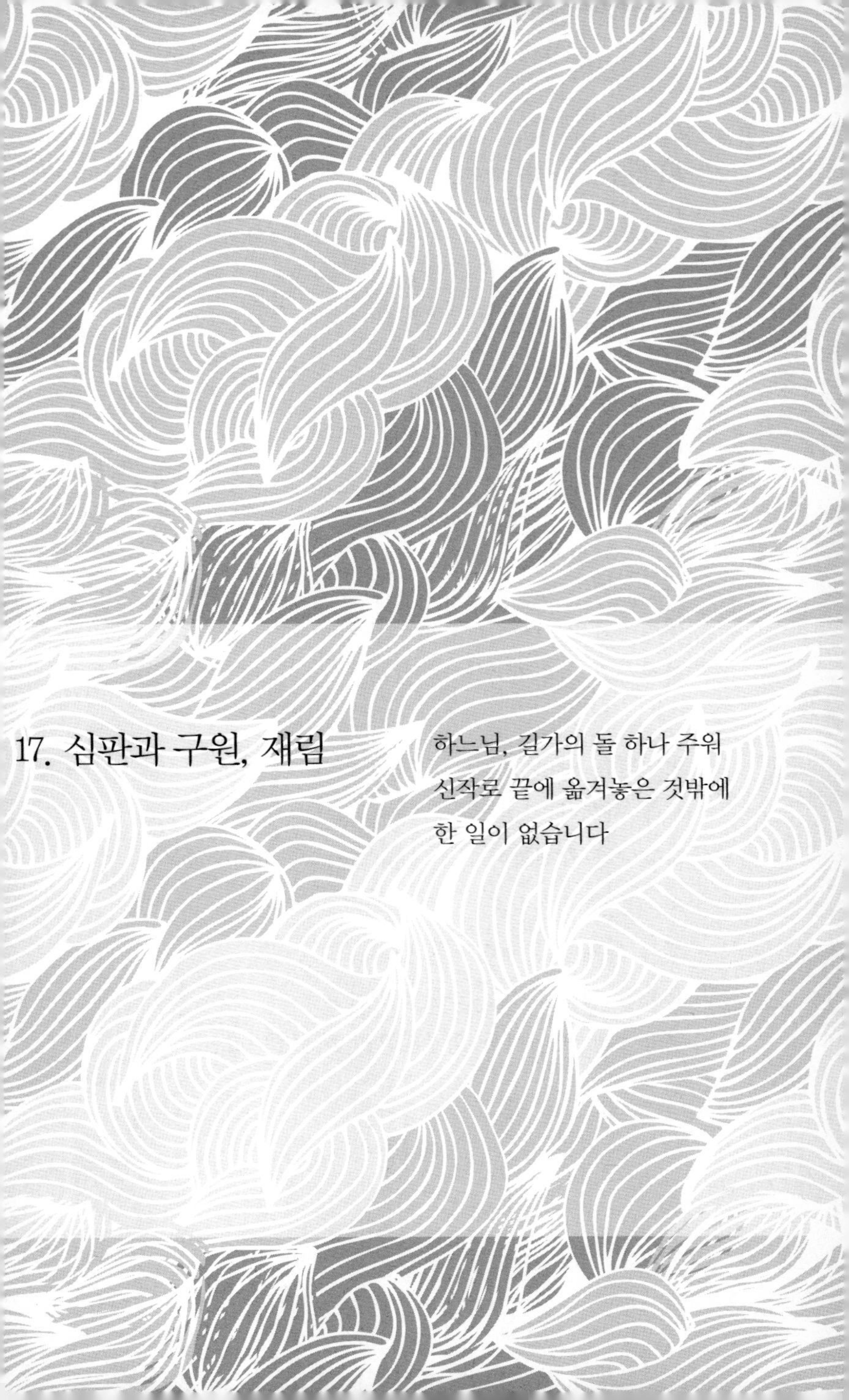

17. 심판과 구원, 재림

하느님, 길가의 돌 하나 주워
신작로 끝에 옮겨놓은 것밖에
한 일이 없습니다

산소의 어버이께

천상병

두 분 아버지 어머니 영혼은,
하느님께 인사드렸는지요?
죽은 내 친구 인사 받으셨는지요?

생각건대
어버이님은 아무런 죄 없으시고
착실하고 다투지 않으셨습니다.

어머님은 아버님보다 10년 더 넘게
오래 사셨다 가셨는데
하늘나라서 행복한 초혼(初婚) 영원히 비슷하겠군요.

그저 둘째아들 염려이실 테고
요놈이 게으름뱅이 노릇 그만하고
천국(天國) 가까이나 와주었으면 하시겠지요!

가을의 기도

임성숙

지난 봄, 여름
당신이 굽어보는 눈동자 안에서
얼마나 푸르게 얼마나 크게 자라났는지

당신이 무상으로 주시는
단비와 햇빛 속에
얼마나 향기롭게 얼마나 달콤하게
맛들었는지

지금은 당신께서 거두는
수확의 계절
여문 열매는 여문 열매대로
쭉정이는 쭉정이대로
공의로운 손길로 거두시는 날
잠시 잠시만
그을 속에 묻혔던 끝물 열매가
어여삐 무르익기까지만
사랑의 손길로 기다려주소서

당신은 오셔서

김지향

승천하실 때
사람이 본 그대로
오신다고 하신 약속의 주님

계시록의 때가 오기 전에
당신은 오시옵니까
환난 속에 빠져서
허덕임을 받기 전에
공중나팔 소리
우리 귀가
듣게 하시옵니까

슬기로운 다섯 처녀들같이
기름 준비를 어서 시키시고
받은 달란트의 결실을
어서 맺게 하십시오
기다림에 지치기 전
당신은 가실 때의 모습으로

어서 오십시오

우리의 사랑이 식어버리기 전에
우리의 열기가 식어버리기 전에
우리의 기도가 닫혀버리기 전에

찬란한 햇빛으로
눈부신 관을 쓰시고
바람같이 불기둥같이
당신은 오셔서
우리 손을 잡아 안으십시오.

고향 친구 종남 씨 42

최일환

내가 다니던 시골 교회 옆집은
대문간 사랑방이 있고
머슴살이 한평생 종남 씨가 살았다.

워낙 일이 많아 교회는 못 나갔지만
가끔 새벽이면 주인 몰래 교회 들어간 친구
일 나간 길에 지게를 감추어놓고
어쩐 일인가 한숨 몰아쉬며
무슨 말인가 전혀 모르겠으나

한 푼 가진 것 없으면서
털끝만큼 명예도 없으면서

목사님 기도보다 더 뜨겁게 들리는
장로님보다 더 힘차게 무릎 꿇고서
아－그 친구의 눈물 섞인 기도 소리

세상 떠난 뒤에는 분명

하나님의 따순 품 안에 앉아 있을 거야
하나님의 사랑방에서 편히 쉴 거야
고향 친구 종남 씨가 이 가을 보고 싶다.

길가의 돌

정종수

나 죽어 하느님 앞에 설 때
여기 세상에서 한 일이 무엇이냐
한 사람 한 사람 붙들고 물으시면
나는 맨 끝줄에 가 설 거야
내 차례가 오면 나는 슬그머니 다시
끝줄로 돌아가 설 거야
아무리 생각해도 나는 세상에서 한 일이 없어
끝줄로 가 서 있다가
어쩔 수 없이 마지막 내 차례가 오면
나는 울면서 말할 거야
정말 한 일이 아무것도 없습니다
그래도 무엇인가 한 일을 생각해보라시면
마지못해 울면서 대답할 거야
하느님, 길가의 돌 하나 주워
신작로 끝에 옮겨놓은 것밖에 한 일이 없습니다

당신은 어디에 계십니까

차옥혜

해가 저뭅니다
당신은 어디에 계십니까
오늘도 종일 기다렸습니다
울며 당신의 이름을 불러도 보고
발이 닳도록 찾아도 보았습니다
아직도 때가 이르지 않았습니까
언제까지 더 기다려야 합니까
기다리다 기다리다 죽으랍니까
당신은 끝끝내 숨어서 침묵하겠습니까
당신은 발자국 뒤의 발자국입니까
그림자 뒤의 그림자입니까
오늘도 당신을 못 보고 몇 사람이 떠났습니다
그래도 나는 당신을 믿어 숨을 쉬고 눈을 뜹니다
당신은 슬픈 삶들이 스스로 뒤집어쓴 굴레입니까
어둡고 춥고 가난한 마음들이 지피는 모닥불입니까
너무나 먼 곳에 있어 볼 수 없는 별입니까
다시는 기다리지 말자 다짐하면서도
나는 어느덧 등불을 들고
어두워지는 길목에 서 있습니다

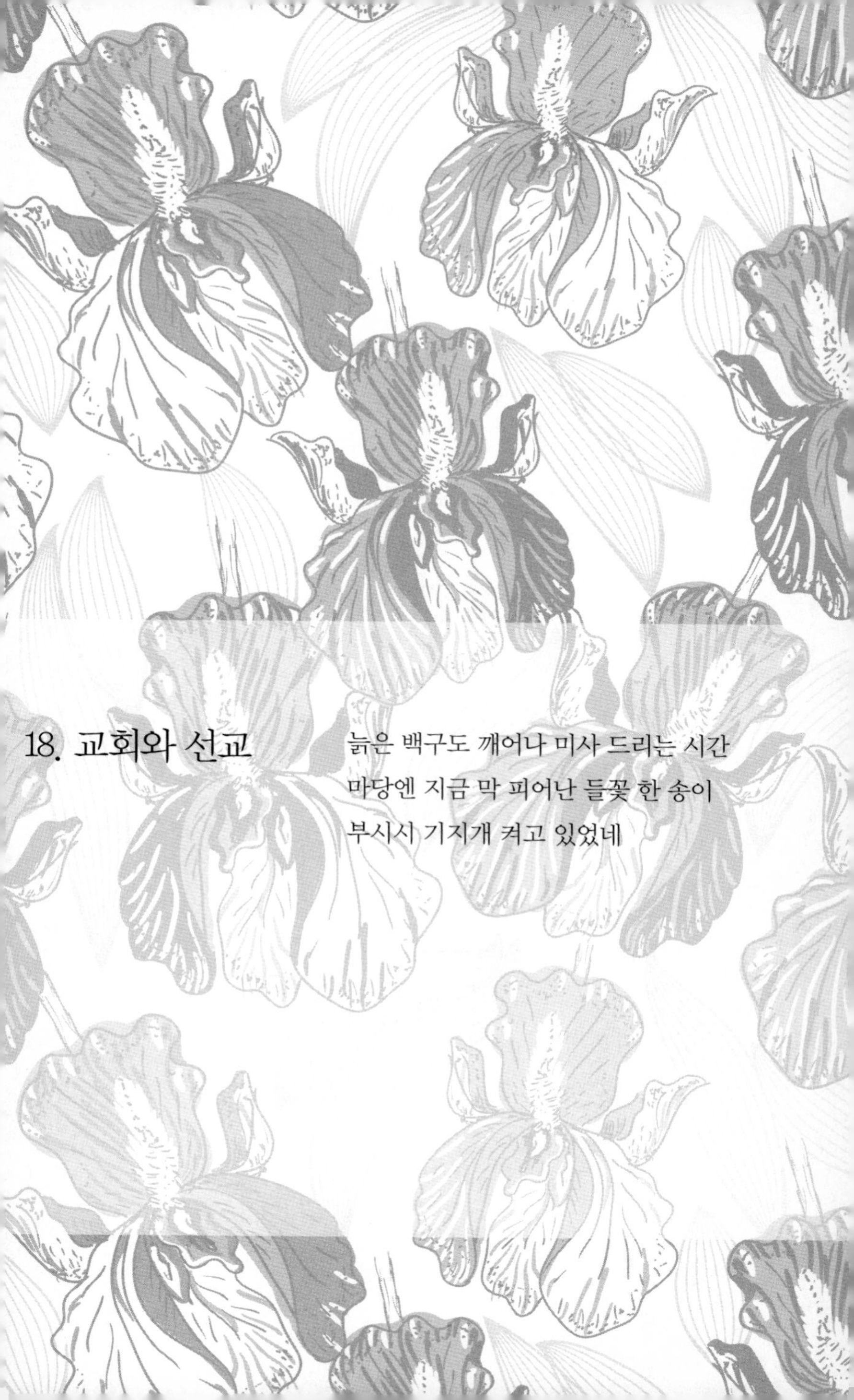

18. 교회와 선교

늙은 백구도 깨어나 미사 드리는 시간
마당엔 지금 막 피어난 들꽃 한 송이
부시시 기지개 켜고 있었네

그리운 종소리

유안진

교회마을 십리 밖에
나는 살았다
잠결인지 꿈결인지
새벽이면 들려오는

댕그랑앙앙아아 댕그랑앙아

문풍지 소리만큼
여린 숨소리를
잠귀가 밝았을까
나는 들었다.

일어나아아아 일어나아아아

귀에 익은 어린 음성
소년 예수가
내 귓불에다
그렇게 소곤댔다.

일어나도 잠에 취하여
베개에 얼굴 묻고
무어라 기도했나
생각하지 않지만

아직도 생생한 40년 전 종소리
창호문에 배어드는 새벽물별 같은
파르스름 열리는
소년의 숨결이여

십리 길 멀다 않고 산을 넘고 물을 건너
까망머리 덮고 자는 내 소라귀로
새벽마다 달려오던
그 맑은 숨소리여

서울까진 못 오는가
안동군 엄동면 장터마을 중평교회
나의 첫 교회의
그리운 그 종소리는-

시골 성당

홍수희

마당엔 백구가 졸고 있었네
순한 모가지 깊이 숙인 채
쌔근거리는 새하얀 숨결
잠자리 앉았던 항아리마다
햇살처럼 살푼 따라가다간
인기척에 놀라 허둥대었네

나무 그늘에는 녹슨 종 하나
누구를 오래 기다리는지
거칠고 푸석한 낡은 몸뚱이
저 홀로 너무 적막하였네
뾰족 지붕 위에는
텅 비어 눈부신 종탑이 있어
내 눈길 오르다간 자꾸 미끄러지는데

이웃한 산사에서 울려오던 종소리
아하 미사 종소리
수녀님도 서둘러 성당으로 오르고

늙은 백구도 깨어나 미사 드리는 시간
마당엔 지금 막 피어난 들꽃 한 송이
부시시 기지개 켜고 있었네

교회 종소리

나태주

아홉 시에 울리는
교회 종소리는
주일학교 종소리
죄 짓지 않은 아이들
죄 짓지 말라
부르시는 종소리

열한 시에 울리는
교회 종소리는
대예배 종소리
죄 많이 지은 어른들
어서 와 회개하라
부르시는 종소리.

교회

이영춘

아버지가
늘 혼자 사시는 집

오늘은 그 아버지가
아프시다

수많은 자식들
세상에 나가
온갖 죄 다 지어
아버지께 드렸으니

아버지 언제 다시
일어나실 수 있으실까?

새 교회

김지하

풀잎들 신음하고 흙과 물 외치는 날
나
오랜만에 교회에 간다.

산 위에 선 교회
벽만 있는 교회
지붕 없는 교회

해와 달과 별들이
나와 함께 기도하고
혜성이 와 머물고

은하수와 성운들 너머
온 우주가 내려와 춤추고
여자들이 벌거벗고 웃는다.
흰 수건 흔들며 노래한다.
유혹인가?

나의 새로운 교회
풀잎의
흙과 물의 교회
새 예수회 교회

꿈인가?

살아 있는 자를 위해

허형만

공동묘지 남향받이에
새마을 주택단지가 들어서고부터
십자가 비스듬히 매달린
개척 교회 하나
저녁놀에 벌겋게 타오르고 있다.
사람이 사는 곳은 어디나
비록 그곳이
죽음의 냄새가 썩어 들꽃으로
피어난 곳이래도
천둥도 하늘 뜻이요 비명도
고양이 울음소리로 창문을 뒤흔드는
매운 바람도 은총이요
사람이 사는 곳은 본시 눈물의
두엄더미 썩어 문드러지는 살점도
구원받으리라
영화를 누리리라 영원히
멸망치 않으리라
핏빛 타는 저녁놀에

개척 교회 하나
이미 죽은 자까지도 부른다
살아 있는 자를 위해.

착한 목자를 위한 교회

차옥혜

양들이 떼 지어 널려 있는
뉴질랜드 남섬 데카포 지방 매킨지
마을도 없는 호숫가에 홀로 서 있는
'착한 목자를 위한 교회'라는 이름을 가진
열 평이나 될까 말까 하는 작은 교회
들어서자마자 양 옆으로 늘어선 몇 줄 안 되는
긴 의자를 뛰어넘어
전면 벽 중앙 커다란 십자가 있어야 할 자리에
바닥에서 석 자 높이쯤에서부터 천장까지에
파노라마 화면처럼 펼쳐진
커다란 유리창에 꽉 들어찬 맑고 고요한
아름다운 설산과 빙하 호수!
순간 전율하며
설산과 빙하 호수로 세례를 받고
나는 설산과 빙하 호수가 된다

주일이면 양을 치는 착한 목자들과 그 가족들
많아야 20여 명 모여 예배를 보았을 것이다

외롭고 쓸쓸한 착한 목동들은 이 시적인 교회에서
외롭고 쓸쓸한 채로 몇 만 년 끄떡없이 아름다운
설산과 빙하 호수가 되어
오늘의 양 떼 나라를 이루고
자연과 사람이 함께하는
공해 없는 대지를 지켰으리라

연꽃과 십자가

고진하

벽이 허물어지는 아름다운 어울림을 보네.
저마다 가는 길이 다른
맨머리 스님과
십자성호를 긋는 신부님,
나란히 나란히 앉아 진리의 법을 나누는
아름다운 어울림을 보네.
늦은 깨달음이라도 깨달음은 아름답네.
자기보다 크고 둥근 원에
눈동자를 밀어 넣고 보면
연꽃은 눈흘김을 모른다는 것,
십자가는 헐뜯음을 모른다는 것,
연꽃보다 십자가보다 크신 분 앞에서는
연꽃과 십자가는 둘이 아니라는 것,
하나는 아니지만 둘도 아니라는 것.
늦은 깨달음이라도 깨달음은 귀하다네,
늦은 어울림이라도 어울림은 향기롭네,
이쪽에서 '야호!' 소리치면
저쪽에서 '야호!' 화답하는 산울림처럼
이 산 저 산에 두루 메아리쳐 나가면 좋겠네,

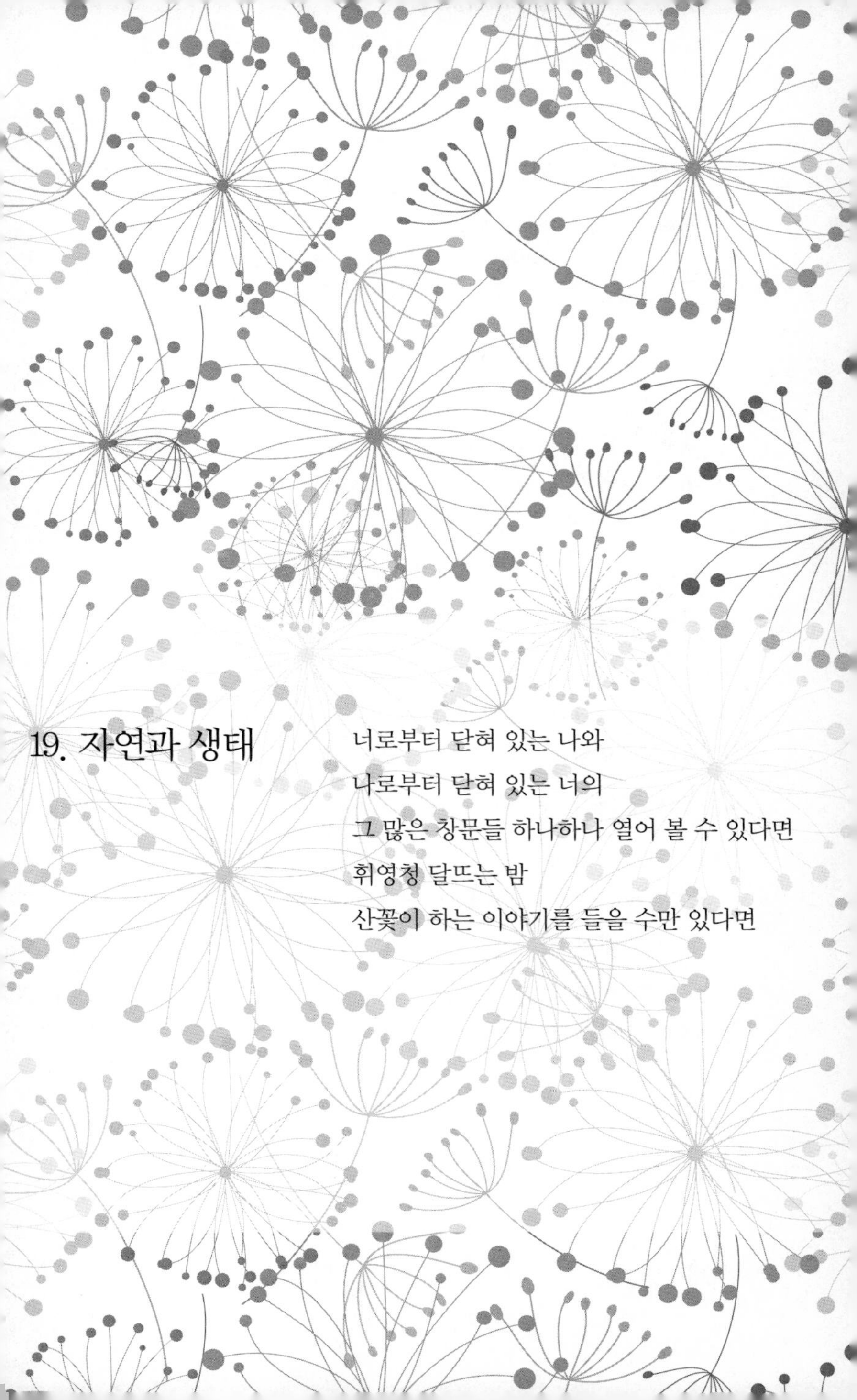

19. 자연과 생태

너로부터 닫혀 있는 나와
나로부터 닫혀 있는 너의
그 많은 창문들 하나하나 열어 볼 수 있다면
휘영청 달뜨는 밤
산꽃이 하는 이야기를 들을 수만 있다면

자연의 은혜

서울의 소년소녀들에게

천상병

애들아 들어라
이 할아버지의 말을 들어라.
지금은 12월 겨울이지만
이윽고 내일
봄이 온다.

자연은 커다란 문을 열고
자연의 은혜를
활짝 열어줄 것이다.

산이나 들에
꽃이 만발하고
싱싱한 나무가
너희들을 맞이할 것이다.

자연의 은혜는
너무도 넓고 기쁘다.

시골에 가서
그 자연의 은혜를
맛보아라.

자연을 닮아

이해인

내 마음은 달을 닮아
차오르기도 하고 기울기도 해

그리고 해를 닮아
떠오르기도 하고 지기도 하지

내 마음은 파도를 닮아
밀려오기도 하고 밀려가기도 해

그리고 밭을 닮아
씨앗을 키워서 열매를 맺기도 하지

산꽃 이야기

김재진

식물의 말을 알아들을 수 있다면
가령 산딸기가 하는 말이나
노각나무가 꽃 피우며 속삭이는 하얀 말들을
알아들을 수 있다면
톱 한 자루 손에 들고 숲길 가는 동안
떨고 있는 나무들 마음 헤아릴 수 있다면
꿈틀거리며 흙 속을 사는 지렁이의 마음을 느낄 수 있다면
이제는 사라져 찾을 길 없는
늑대의 눈 속으로 벅차오른 산을 다시 볼 수 있다면
너로부터 닫혀 있는 나와
나로부터 닫혀 있는 너의
그 많은 창문들 하나하나 열어볼 수 있다면
휘영청 달뜨는 밤
산꽃이 하는 이야기를 들을 수만 있다면

소스라치다

함민복

뱀을 볼 때마다
소스라치게 놀란다고
말하는 사람들

사람들을 볼 때마다
소스라치게 놀랐을
뱀, 바위, 나무, 하늘

지상 모든
생명들
뭇 생명들

다 함께 친구로 살아요

차옥혜

가시연꽃, 창포, 잉어, 소금쟁이, 논병아리
소나무, 억새, 패랭이꽃, 나비, 곰, 토끼, 사마귀
조개, 낙지, 망둥이, 게, 함초, 갯개미취
다 함께 친구로 살아요
그래야 사람이 살아요 나도 살아요
늪과 산과 갯벌 더 이상 죽이지 말아요
강과 바다와 벌판 더 이상 죽이지 말아요
지구는 사람만이 주인이 아니잖아요
만물을 사랑할 줄 모르는 사람은
만물의 영장이 아니어요
생이가래, 마, 피라미, 물방개, 논우렁, 노랑저어새
배추, 백일홍, 봉숭아, 쑥, 곰취, 날개하늘나리
여치, 땅강아지, 박쥐, 노루, 소쩍새, 청개구리, 붕어
갯메꽃, 갯질경이, 갯지렁이, 주꾸미, 바지락
다 함께 친구로 살아요
다 함께 친구로 살아요

기다림

박경리

이제는 누가 와야 한다

산은 무너져 가고
강은 막혀 썩고 있다
누가 와서
산을 제자리에 놔두고
강물도 걸러내고 터주어야 한다

물에는 물고기가 살게 하고
하늘에 새들 날게 하고
들판에 짐승 뛰놀게 하고
초목과 나비와 뭇 벌레
모두 어우러져 열매 맺게 하고

우리들 머리털이 빠지기 전에
우리들 손톱 발톱 빠지기 전에
뼈가 무르고 살이 썩기 전에
정다운 것들

수천 년 함께 살아온 것
다 떠나기 전에

누가 와야 한다

엮은이_ 정연복

연세대학교 영문학과와 감리교 신학대학 대학원을 졸업하고 현재 ≪한국기독교≫ 편집위원으로 있다. 『함께하는 예배』(1990), 『오늘 우리에게 예수는 누구인가?』(1991), 『가난한 사람의 눈으로 읽는 성서』(1995), 『아름다운 사람 아름다운 신 예수』(1999) 등의 저서를 비롯하여 『신비주의 신학』(2000), 『냉전과 대학』(2001), 『건강불평등: 사회는 어떻게 죽이는가』(2004), 『아메리카, 파시즘, 그리고 하느님』(2007), 『지상의 위험한 천국』(2012) 등의 번역서를 냈다.

영혼의 울림

한국의 기독교 명시

엮은이 | 정연복
펴낸이 | 김종수
펴낸곳 | 도서출판 한울

편　집 | 조인순
표지디자인 | 이아란

초판 1쇄 인쇄 | 2013년 9월 10일
초판 1쇄 발행 | 2013년 9월 30일

주　소 | 413-756 경기도 파주시 파주출판도시 광인사길 153
(문발동 507-14) 한울시소빌딩 3층
전　화 | 031-955-0655
팩　스 | 031-955-0656
홈페이지 | www.hanulbooks.co.kr
등록번호 | 제406-2003-000051호

Printed in Korea.
ISBN 978-89-460-4766-2 03800

* 책값은 겉표지에 표시되어 있습니다.